KB042875

Maze Hunter

메이즈 헌터 7 완결

초판 1쇄 인쇄일 2016년 3월 23일 ┃ **초판 1쇄 발행일** 2016년 3월 28일

지은이 이한빈 ┃ **펴낸이** 곽중열 ┃ **담당편집 팀장** 이범수
편집부 신연제 이윤아 김은경 홍현주

펴낸곳 (주)조은세상 ┃ 출판등록 제 2002-23호
주소 경기도 연천군 미산면 청정로 1355
TEL 편집부 02)587-2966 ┃ FAX 02)587-2922
e-mail bukdu@comics21c.co.kr

이한빈 퓨전 판타지 장편소설

NEO FUSION FANTASY STORY & ADVENTURE

메이즈 헌터

Maze Hunter

7

완 결

북두

(주)좋은세상

CONTENTS

NEO FUSION FANTASY STORY & ADVANTURE

Maze Hunter
메이즈헌터

NEO MODERN FANTASY STORY & ADVANTURE

네이크
헌터

Maze Hunter

1

오르간 출루.

워커들이 하나둘씩 모이고 있었다.

3왕국의 워커들만이 모이는 것은 아니었다. 7대 길드 중에서도 나인과 협력하던 길드들은 이번 사태의 중요성을 인식하고 오르간 출루로 모이기 시작했다. 그중에는 제 3기사단의 마크가 새겨진 사람들도 있었다.

"제3 기사단이네요."

천화가 먼저 발견하고 말했다.

갑옷을 맞춰 입은 그들은 전열을 맞춰 걸어들어왔다. 대부분의 워커들의 갑옷에는 핏자국이 남아있었다.

오버로드는 피를 남기지 않으니 저것은 워커들의 것이다.

제3 기사단의 숫자는 약 15명이 남아있었다.

제3 기사단이 도착하자 나인이 달려 나왔다. 나인은 제3 기사단의 단장과 인사를 나누었다.

"상황이 심각하더군."

단장으로 보이는 대머리가 먼저 말했다. 안전지대에서 출발했을 때는 40명이 조금 넘는 숫자였다. 여기까지 오면서 반 이상이 줄어버린 것이다.

절대적 강자의 부재.

3 왕국에는 있고, 길드에는 없는 것.

그것은 아마 인도자라는 무력일 것이다. 전투력이 가장 낮은 니나라고 할지라도 정보전에서는 능했기 때문에 오버로드의 이동 경로를 확인하며 피해 다닐 수 있을 것이다. 호바스나 천화, 혼은 말할 것도 없고 나인은 애초에 만날 일도 없을 것이다.

천화는 살아남은 제3 기사단을 쳐다봤다.

그 가운데에 익숙한 얼굴이 보였다.

"어, 벤지씨."

천화가 말했다.

혼은 머리를 긁적이며 천화가 가리킨 사람을 쳐다봤다.

"뭐야? 그 엉덩이가 여기 있어?"

최초의 미로 제3 기사단의 단장으로 추대되었던 남자. 제3 기사단은 미궁 안에서 길드가 얼마나 중요한지를 알려준 길드였기 때문에 혼도 정확히 기억하고 있었다. 벤지는 지친 얼굴로 앞만을 응시하고 있었다.

"어이, 벤지."

혼이 외쳤다.

가운뎃줄에 서 있던 벤지가 고개를 돌렸다. 그리고는 혼과 천화를 보더니 환하게 웃었다.

"오오, 너희들!"

이런 곳에서 만날 수 있을 것이라고는 벤지는 상상도 못 했다. 하지만 이내 수긍했다. 혼 정도 되는 인물이라면 이런 거물들이 모이는 장소에 있어도 그리 이상하지 않을 것이다. 벤지는 옆에서 달려오는 천화를 보며 반갑게 손을 들었다.

"진짜 반갑다. 아직 살아있었구나."

"그건 이쪽이 할 말 아닌가?"

혼이 웃으며 말했다. 벤지는 고개를 끄덕였다.

"그렇군. 그래."

벤지는 반가운 마음에 전열을 이탈해서 혼과 천화에게로 다가갔다. 그때 뒤에 서 있던 남자가 말했다.

"대기해라. 움직이라는 명령은 없었다."

"아, 죄송합니다."

벤지는 바로 고개를 숙여 인사했다. 남자는 부리부리한 눈으로 혼과 천화를 노려보다가 다시 앞으로 고개를 돌렸다.

혼은 어깨를 으쓱하며 말했다.

"이봐, 이미 너희는 최종목적지에 도착했다고. 쉬어도 되지 않나?"

"제3 기사단은 규율로 움직인다. 외부인이 뭐라고 할 상황이 아니다."

"이 조직은 애초부터 잘못되긴 했네."

혼이 웃으며 마치 농담하듯 말했다. 벤지는 땀을 삐질삐질 흘리며 선배로 보이는 인물과 혼을 번갈아 쳐다봤다.

그러다가 천화에게 도와달라는 듯이 눈빛을 보냈다. 천화는 언제나 싸우는 것을 싫어했다. 그러나 지금의 천화는 내 일이 아니라는 듯이 무시하고 있었다.

"잘못되었다고? 제3 기사단이?"

"규율을 잡는다고 강해지는 세계는 아니잖아. 한 초인이 지배하는 세계지."

남자는 어이가 없다는 듯이 피식 웃었다.

"우리는 우리만의 법규가 있다. 상관없는 사람은 신경을 좀 꺼줬으면 좋겠는데."

"부외자라니?"

혼은 미소를 지으며 말했다.

"내가 대장인데. 너희들이 약하면 작전에 문제가 되거든."

혼이 대장이라는 말에 남자는 인상을 찌푸렸다. 이런 듣도보도 못한 남자가 대장일 리는 없었다. 나인과 호바스, 그리고 티아. 3왕국의 대장들 중 하나가 분명히 리더일 것이라고 생각했던 그였다.

하지만 결국 리더는 혼이었다.

나인마저 메이즈 헌터로 합류했기 때문에 메이즈 헌터는 총 5명. 그것도 전부 인도자로 구성된 길드였다.

천화는 혼과 남자의 대화를 듣다가 하양이를 끌고 다시 훈련하러 갔다. 하양이는 상대역으로 천화의 전투훈련을 도와주고 있었다.

"네가 대장이라니. 말이 되는 소리를 해라."

"아아, 대장 맞아. 대장 맞아."

그때 호바스가 나타나 남자와 어깨동무를 했다. 남자는 흠칫 놀라며 호바스를 쳐다봤다.

네오니드의 왕.

미궁 최강의 사나이.

호바스를 직접 보는 것은 처음이었지만 워낙 유명했기 때문에 대부분 인상착의 정도는 다 알고 있었다.

"뭘 그렇게 놀라? 내가 신기한 거야? 저놈이 대장인 게 신기한 거야?"

"아, 아니. 그러니까."

남자는 밀을 더듬더니 혼을 쳐나봤다. 호바스도 신기했지만 정말로 저 처음 보는 남자가 미궁 사상 최대 대업의 총지휘자라는 것이 믿기지 않았다. 다섯 인도자가 길드를 만들었다는 것은 이곳으로 향하며 신문으로 알게 되었다. 네 번째와 다섯 번째 인도자가 나타난 것은 1년이 되지 않는다.

그렇다면 그 짧은 시간 안에 모든 시스템을 무너트리고 이 상황을 만들었다는 것이 된다.

"저 인간 건들지 마. 죽음의 인도자야. 너 죽는다."

호바스가 남자의 귀에 대고 속삭였다. 남자는 멍하니 혼을 보다가 슬쩍 눈을 내리깔았다. 혼은 어깨를 으쓱하더니 벤지에게 말했다.

"규율 없어진 거 같은데?"

"아하하. 그, 그런 거 같네."

벤지는 어쩔 줄 몰라하다 억지로 웃어 보였다. 민망한 상황이었지만 편을 든다면 혼편을 들어야 했다.

벤지와 지금까지 이런저런 일을 대화하는 동안 대머리 대장이 걸어 나왔다. 나인과 함께 나오던 대장은 벽에 기대어 대화하고 있던 혼에게 다가갔다. 대머리는 살짝 고개를 숙인 뒤 말했다.

"죽음의 인도자시라고 들었습니다."

"그렇다~!"

리첼리아가 자랑스럽게 튀어나오며 말했다. 머리를 인위적으로 휘날리며 한 것 폼을 잡는 그녀였다.

혼이 인정받는 것은 천사인 리첼리아가 인정받는 것과 같았다. 호바스와 나인, 니나, 그리고 천화까지. 모든 천사를 자신에 발밑에 둔 것만 같은 기분을 리첼리아는 즐기고 있었다.

"들어와 리첼리아."

"넵."

혼은 그런 리첼리아를 가만히 두지 않았다.

리첼리아가 다시 혼의 몸 안으로 사라진 뒤 혼은 손을 내밀었다.

"나는 제3 기사단 단장 윌리엄이라고 한다. 사실 단장이라고 부를 수 있는 사람이 2명은 더 있었는데 지금은 나만 남았군."

"오는 길에 죽었나?"

"아니, 예전에. 우리 길드는 좀 오래됐거든."

윌리엄은 씁쓸하게 웃었다. 제3 기사단은 윌리엄과 그의 친구 둘이 만든 길드였다. 최초의 미로 때부터 함께 해 온 셋은 많은 발자취를 남기며 7대 길드가 되었다. 그걸 대변하듯 윌리엄의 이마에는 선명한 주름이 보였다.

"먼 길 와 줘서 고맙다. 큰 힘이 될 거야."

"나인이 방할 오버로드와 미궁을 없애자고 하더군. 내 소원이기도 했지."

윌리엄의 손에 힘이 들어가는 것이 느껴졌다.

대화가 끝나고, 윌리엄에게는 폐건물 하나가 배정되었다. 제3 기사단은 각자 자리를 잡고 텐트를 친 뒤에 휴식을 취했다.

아직 네오니드와 포사토이오의 병력이 오지 않았기 때문에 전부 대기하는 중이었다. 제3 기사단과 동시에 이미 다른 7대 길드도 도착해 오르간 출루에는 활기가 돋았다.

혼은 팔짱을 끼고 하양이와 천화가 싸우는 장면을 바라봤다. 이제 천화는 전신의 계약서가 없어도 하양이의 공격을 쉽게 피할 정도의 실력자가 되었다. 절대 기억 때문인지 천화의 습득력은 상상 이상이었다. 한 가지를 알려주면 열을 아는 것이 혼이라면 천화는 한 가지를 알려주면 그 한 가지를 완벽하게 자신의 것으로 만들었다.

덕분에 빠른 속도는 아니었지만 혼이 맨 처음 생각했던 대로 천화는 성장하고 있었다.

훈련이 끝나고 쉬는 시간. 혼은 똬리를 틀고 앉아있는 하양이에게로 향했다.

"야, 봐주는 건 아니지?"

-봐주는 거로 보였나?-

"아니, 그렇지는 않아."

-정확히 봤다. 원래 평범하지는 않았지만 많이 독해졌구나. 천화.-

"자기만 아는 뭔가가 있겠지."

혼은 그렇게 말하며 반복적으로 용의 무구를 휘두르는 천화를 쳐다봤다.

❖

그 시각, 오르간 출루의 폐건물 중 한 곳. 스네일이 자리를 잡고 서 있었다. 땅굴을 파서 잠입하기는 쉬웠다. 그의 옆에는 한 남자가 서 있었다. 남자는 얼굴에 검은 봉투를 얼굴에 뒤집어쓰고 있었다.

"잘할 수 있겠나?"

"조금 일찍 태어났다고 충고질이나 하려는 거냐?"

부스럭 소리와 함께 남자의 얼굴이 돌아갔다.

"패배자 자식이 말이야. 함부로 입 열지 마. 급 떨어지니까. 흐흐."

검은 봉지를 쓴 남자의 말에도 스네일은 입을 열지 않았다.

4성급 오버로드는 죽고 어느 정도 지나면 또 다른 4성급이 태어난다. 지금 스네일 옆에 있는 남자는 페이스레스가 죽은 뒤 다시 태어난 놈이었다.

"페이스레스도 그냥 당했다."

"불량품 얘기하는 건가? 그것과 나를 똑같이 취급하는가? 그딴 대가리를 달고 있으니 진거야. 전력을 모르면 말이야."

스네일은 작게 한숨을 내쉬었다. 그때 검은 봉지의 눈에 한 남자가 포착되었다. 그다지 비중은 없으나 간부급에 낄 수 있는 남자.

오르간 출루의 방어를 책임지고 있던 릴로이였다.

검은 봉지는 뚫어지게 릴로이를 쳐다보다가 스네일에게 손등을 보여줬다.

"그럼 패배자는 구경이나 해라."

그렇게 말한 뒤 단숨에 릴로이를 향해 날아갔다.

릴로이는 남아있는 폐건물을 정리하고 돌아가는 중이었

다. 곧 대규모의 인원이 오르간 출루로 들어오기 때문이다.

그렇게 어둠 속을 걷고 있던 그는 탁하는 소리에 위를 쳐다봤다.

순식간이었다.

인형이 마치 돌진하듯 떨어져 릴로이를 먹어치웠다. 릴로이는 끈적한 젤을 뒤집어쓰고 그곳에서 빠져나오기 위해 애를 썼다.

"우윽! 우윽! 읍!"

젤이 입을 틀어막아 제대로 된 소리가 나오지 않았다.

마치 슬라임이 생명체를 녹여 먹듯이 릴로이는 점점 작아졌다. 그리고 릴로이의 신음 소리가 안 들리게 된 후 몇 초. 슬라임은 점점 인간의 형태로 바뀌더니 릴로이의 모습으로 바뀌었다.

"봐. 워커 죽이기 쉽잖아?"

릴로이의 모습을 한 그것은 양팔을 벌리고 도발적으로 스네일을 쳐다봤다. 스네일은 검은 봉지가 성공한 것을 확인한 뒤 몸을 돌렸다. 스네일의 역할은 검은 봉지를 오르간 출루 안으로 데리고 들어오는 것. 그것뿐이었다.

이제 릴로이의 모습을 한 검은 봉지가 알아서 할 차례였다.

릴로이는 스네일의 뒷모습을 보며 비웃었다.

워커는 약하다. 인도자도 약하다. 4성급 오버로드라는 것은 그 어떤 자에게도 지지 않는 힘을 말한다.

하지만 스네일은 졌다.

"병신 같은 놈."

릴로이는 고개를 절래 흔들었다.

"인도자 따위한테 지기나 하고 말이야."

릴로이는 그렇게 밀하며 미소를 지었다.

릴로이가 잠입한 이유는 크게 보면 두 가지였다. 더 효과적인 습격을 위해 정보를 얻어내는 것. 그리고 기회가 되면 인도자를 죽이는 것.

둘 중 어느 곳만 성공해도 되는 쉬운 작전이다.

릴로이는 회심의 미소를 지었다.

❖

양이가 도착했다.

네오니드의 병력은 거의 줄어있지 않았다. 다만 양이의 다크서클만이 턱까지 내려와 있을 뿐이었다. 양이가 도착하자마자 호바스가 가장 선두로 나가 양팔을 벌리며 환영했다.

"오, 양이! 봐봐. 별거 아니잖아. 여기까지 오는 거 말이야."

"별거 아니라고? 말은 쉽지."

양이가 고개를 절래 흔들었다.

싸울 때는 싸우고, 도망칠 때는 도망치고. 최대한 인명 피해 없이 오르간 출루로 오기 위해 얼마나 열심히 머리를 썼던가.

양이가 도착하고 얼마 지나지 않아 티아까지 도착했다. 티아라는 워커들 중에서도 절대적인 무력을 지닌 대장이 있는 길드인 만큼 그들 또한 그렇게 큰 피해를 입지 않았다. 생각보다 전력이 강한 것을 확인한 혼은 미소를 숨기지 않았다.

"티아!"

니나가 티아를 향해 달려갔다.

"어, 니나. 오랜만이네?"

"완전! 저 혼이 말이야! 맨날 막 잡고! 훈련이라면서 막 때리고!"

"그놈이 그렇게 장한 짓도 해?"

티아가 미소를 지으며 말했다.

니나는 지금까지 전투에 있어서는 티아에게 전부 의지하고 있었다. 혼을 만나서 싸우는 기술이라도 좀 배우면 훨씬 생존률은 올라갈 것이다. 티아는 울상짓는 니나를 흐뭇하게 바라보고는 정색하며 혼에게로 시선을 돌렸다.

"여전히 짜증 나는 얼굴이네."

"왜? 난 널 봐서 좋은데. 처음이야. 널 보고 기분 좋은 거."

"말이나 못 하면."

티아는 고개를 절레 흔들었다.

"그래서 작진은 뭐야? 다 같이 모여서 어쩌자고. 이 폐허에서 살자고?"

"물론 반격이지."

혼은 주변을 둘러보았다.

그가 찾는 것은 릴로이였다. 릴로이는 사람 좋은 미소로 다른 이들과 대화를 나누고 있었다. 검은 봉지는 릴로이를 흡수하면서 그의 기억을 흡수했다. 덕분에 사소한 습관에서부터 말투까지 완벽하게 연기해낼 수 있었다.

릴로이는 연기를 하는 와중에도 힐끗힐끗 안텐을 쳐다봤다.

신경이 안 쓰일 수가 없다.

안텐의 주변으로 네오니드의 워커들이 모여있었다.

"이야, 진짜 오버로드 잡았네."

"대박이지 않냐? 4성급이란다."

목에 개목걸이를 차고 있는 안텐은 가만히 서서 워커들

을 노려봤다. 이미 호바스가 가만히 서 있으라는 명령을 내렸기 때문에 안텐은 움직일 수조차 없었다.

그 굴욕적인 모습을 보며 릴로이도 속으로는 한껏 인상 쓰고 있었다. 안텐이 불쌍해서가 아니었다. 인도자에게 져서 노예가 되어버린 오버로드따위 죽어버려도 상관없다.

그러나 안텐이 저 꼴을 당하고 있다는 것은 같은 오버로드로서 용납할 수가 없었다.

아무리 접점이 없다고 한들 안텐은 그와 같은 종족이었다.

릴로이는 안텐을 놀리는 워커들의 얼굴을 하나, 하나 기억했다. 나중에 기회가 되면 처단할 생각이었다.

'그 전에 호바스라는 놈부터 죽여야겠군.'

감히 오버로드를 노예처럼 부리고 있는 인도자. 만약 인도자를 처단할 수 기회가 된다면 호바스가 일 순위가 될 것이다.

"뭐하냐?"

릴로이가 멍하니 안텐을 보며 생각하고 있을 때 혼이 다가와 물었다.

"아! 부르셨습니까?"

릴로이는 화들짝 놀라며 혼을 돌아보았다. 평소에도 기척 없이 다가오는 사람이었다. 누가 죽음의 인도자 아니랄까 봐 사람 죽이는 데 특화된 놈이었다.

"신기한가?"

혼이 안텐을 턱으로 가리키며 말했다. 릴로이는 민망한 표정을 지으며 뒷머리를 긁적였다.

"4성급은 처음 봐서. 그리고 처음 본 오버로드가 인도자한테 노예처럼 구르고 있다니. 신기하네요."

"인간들끼리도 누구는 노예가 되기도 하는데 다른 종족은 뭐."

혼은 그렇게 말하며 멀리 걸어갔다.

일단은 혼과 친하게 지내야 한다.

혼은 단연 최강자였다. 릴로이의 머릿속에는 혼에 대한 기억이 거의 없었다. 하지만 그만큼 나인이 많은 정보를 이야기해주었다.

애초에 지금 이 사태를 만든 인물이기도 한 만큼 긴장할 필요가 있었다.

지금까지 모은 정보로 보아 혼은 가장 경계해야 하는 사람. 반대로 말하면 혼을 제대로 속일 수 있다면 다른 이들 또한 속일 수 있다는 뜻이었다.

그때 나인이 걸어왔다.

"혼씨. 슬슬 회의를 시작하도록 하죠."

티아와 양이, 두 핵심 병력이 도착했다. 이제 뭔가가

시작되어도 시작되어야 했다.

혼은 고개를 끄덕이고는 나인의 뒤를 따라갔다. 릴로이는 슬쩍 물었다.

"저는 뭘 하면 되겠습니까?"

"어……, 포사토이오와 네오니드의 워커들을 좀 떨어트려 놔주실래요? 지나가다 서로 보기만 해도 죽일 듯이 노려봐서."

포사토이오와 네오니드는 사이가 좋지 않다. 초기에 몇 번 부딪히면서 서로에게 친우를 잃어버린 자들이 꽤 되기 때문이다. 현재는 동맹상태였지만 언제 시비가 붙어 싸움을 시작할지 모르는 일이다.

릴로이는 고개를 숙였다.

"알겠습니다."

릴로이는 그렇게 말하고는 고개를 들어 혼과 나인의 뒷모습을 쳐다봤다.

정보를 빼낼 기회인데 들어갈 수가 없다.

회의실에는 양이와 티아, 그리고 다른 인도자들과 7대 길드의 대장들만 들어간다.

즉 인도자를 제외하면 각 세력의 대표들만 들어가는 것이다.

오아시스의 리더는 나인으로 릴로이가 회의에 참석하지

않는 것은 당연하다.

'어차피 나오면 물어봐도 된다.'

원정을 떠나게 되면 릴로이도 동행할 것이 뻔하다. 오버로드의 습격이 잦은 이때 병력을 둘로 나누거나 하지는 않을 테니 말이다.

'기다려야겠네.'

릴로이는 그렇게 생각하며 회의가 진행되는 건물을 바라봤다.

❖

회의실.

혼은 다리를 꼬고 앉아있었다. 원탁은 가득 찼다. 제3기사단의 윌리엄과 다른 길드의 대장들이 한자리 식을 차지했다.

잠깐의 정적.

상석에 앉은 나인은 서류뭉치를 열심히 보다가 머리를 긁적이며 입을 열었다.

"대충 계산해 본 건데……."

"아, 좋은 말이 나오긴 글렀네."

호바스가 머리 뒤로 깍지를 끼며 말했다.

"어떻게 아셨습니까?"

"네놈 표정이 똥 씹은 표정이더라."

나인은 머쓱하게 웃더니 고개를 끄덕였다.

"아마 지금 전력으로 부딪히면 질 겁니다."

"흐음."

윌리엄이 크게 한숨을 쉬었다. 예측된 결과이기는 했다. 오버로드가 어떻게 태어나는 것인지는 몰라도 새로운 트라이 마스터가 최초의 미궁을 통과하는 것보다는 훨씬 빠르게 늘어나고 있었다.

숫자에서 밀리고, 개개인의 전투력에서도 앞서지 못한다. 혼이나 호바스는 4성급과도 싸울 수 있는 실력을 갖추고 있었지만 그게 전부였다.

"잠깐, 잠깐. 전면전을 할 생각이었어? 이거 왜 이래?"

루시오가 손을 들며 말했다.

애초에 전면전을 할 생각이었다면 발상 자체가 글러 먹은 것이다. 오버로드쪽 전력이 더 강한 건 워커라면 전부 아는 사실 아니던가.

"하지만 다른 방법이 없습니다. 5성급 카이저에게 혼씨와 호바스씨를 운반해야 합니다. 그렇게 되면 오버로드측에서는 우리가 움직이는 동선을 전부 알 수 있습니다. 결국 전면전이라는 것이죠."

나인이 침착하게 대답했다.

다른 작전을 생각해보지 않은 것은 아니다.

가장 강력한 전력은 단연 혼이다. 천화의 능력으로 전신과 계약한 혼은 4성급 오버로드를 압도하는 실력을 냈다. 5성급과 싸워도 희망이 보일 정도다.

그렇다면 혼을 카이저에게로 운반하는 것이 최선이다.

하지만 그렇게 된다면 선전포고를 하고 대놓고 가는 것과 마찬가지다. 오버로드는 인도자를 추적할 수 있기 때문이다.

결국에는 전면전.

혼이 잠입하는 방법도, 나인의 능력을 쓰는 방법도 불가능하다.

"어떤 방법으로도 전면전을 피할 수는 없습니다."

"그런 편리한 기능도 있었어. 그 오버로드 놈들."

루시오가 옆에 앉은 혼에게 물었다. 혼은 조용히 고개를 끄덕일 뿐이었다.

"그래서 지금 생각해야 할 것은 어떡하면 전력을 더 올릴 수 있는가입니다."

전면전을 피할 수 없다는 것이 전제된다면, 결론을 전면전을 이길 수 있다로 만들면 된다.

다만 그것을 생각해내는 것은 쉬운 일이 아니다.

이미 비협조적인 7대 길드를 제외한 모든 강력한 길드는 오르간 출루에 모였다.

시간이 지날수록 워커는 늘어나지 않고 오버로드는 늘어난다. 지금 당장이라도 움직이는 편이 차라리 나을 수도 있었다.

"그런 방법이 있었으면 이미 썼겠지."

티아가 한심하다는 듯이 나인을 바라보며 말했다.

"이도 저도 못할 것이라면 차라리 지금 움직이자고. 적이 더 늘어나기 전에. 시간이 갈수록 점점 우리가 이길 확률은 내려가는 거 같은데 말이야. 안 그래?"

합리적인 티아다운 생각이었다.

1%인 승률을 굳이 시간만 죽이다가 0%로 만들 필요는 없었다. 티아는 그렇게 생각하는 것이었다.

그때 혼이 입을 열었다.

"그건 승률이 1%라도 있을 때의 말이고. 지금 현 상태에서 우리가 이길 확률은 0%다. 움직이는 건 바보 같은 짓이지."

"잘나셨어요. 0%면 다 같이 죽는 거지 뭐."

티아가 뾰루퉁하게 턱을 괴었다.

모두가 고민하는 사이 해답은 의외의 인물에게서 튀어나왔다.

"전력 올리는 거야. 가능하지."

모두의 이목이 윌리엄에게로 쏠렸다. 윌리엄은 덤덤하게 팔짱을 끼고 있다가 살짝 당황해하며 볼을 긁적였다.

"아이고, 이것 참. 그렇게 보니 부담스럽구먼."

"뭐야. 빨리 말해. 답답하니까."

티아가 몸을 앞으로 쭉 빼며 말했다. 윌리엄은 헛기침을 몇 번 하더니 침착하게 말을 이어갔다.

"내가 미궁에 처음 넘어왔을 때 일이지. 그게 지금부터 몇십 년 전이니까. 너희는 아마 모르는 사람일 거야. 그게 말이지. 그놈이 굉장히 유명했는데 사망 기사도 없고 그래서 어디로 잠적했다는 것 정도만 알고 있거든. 그때는 말이야. 7대 길드가 다 해먹던 시절이었어. 인도자라고 해도 막 이상한 놈들만……."

"저기. 핵심말 말씀해주시죠."

양이가 끼어들었다.

주절주절 이야기를 늘어놓던 윌리엄이 눈을 동그랗게 뜨고 잠시 말을 멈췄다.

"하하하, 이 아저씨가 말이 길었네. 뭐 잘 들으라고. 다 중요한 얘기야. 그때 7대 길드에 굉장한 녀석이 있었지. 우리 제3 기사단은 단장이 3명이었는데 말이야. 아, 물론 공식적인 길드장은 나였지만 왜 그 같이 단장하는 놈들

있지 않냐. 그래서 세 명이서 활동을 하는 대도 그놈 길드랑 엇비슷했으니까. 그놈이 얼마나 대단한 놈인지 일화가 있는데…….”

“핵심! 핵심만 말하라고! 핵심!”

티아가 참지 못하고 책상을 내리쳤다. 윌리엄은 다시 개구리처럼 눈을 동그랗게 뜨고 주변 사람들을 돌아봤다.

“아, 이제부터 재밌어지는데.”

“그래서, 그 사람 능력이 뭡니까?”

혼이 핵심을 유도했다. 윌리엄은 그제야 고개를 끄덕이더니 말했다.

“그러니까 그놈 능력이 풀 포텐셜이라는 거였어.”

“풀 포텐셜(Full Potential)?”

한국어로 직역하면 잠재능력의 한계치라고 보면 된다.

“이름부터 강화 느낌이 아주 넘쳐 흐르네.”

“그러니까 말이야. 그놈이 자기 길드원들을 강화시키는 바람에 엄청 고생했지. 그 시절에는 인도자가 하나 있었는데, 그게 분쟁의 인도자라 사람들이랑 승부나 하러 다니지 막 왕국 같은 건 안 만들었다고. 그래서 7대 길드가…….”

“그럼 이제 그 사람을 찾아야 하네.”

핵심을 들은 이상 그 누구도 윌리엄에게 관심을 두지 않았다. 윌리엄은 혼자 허공에 대고 이야기하다가 괜히 옆에 앉은 천화를 잡고 말을 계속 이어나갔다.

천화는 친절하게 미소와 함께 감탄사도 섞어가며 윌리엄의 과거사를 전부 들어주고 있었다.

"근데 사라졌다며? 죽은 거 아니야?"

루시오가 말했다.

"신문에 안 났다잖아. 그래도 7대 길드의 대장인데 죽었으면 기사가 낫겠지."

대부분의 굵직굵직한 사건들은 신문에 항상 게재된다. 왕국도 없던 시절 7대 길드는 가장 강력한 7개의 길드였다. 그중 한 곳의 대장이 죽었음에도 기사화되지 않았을 리가 없다.

"살았다고 하더라도 잠적한 인간을 어떻게 찾아. 다시 말하지만 우린 시간도 없고, 그 사람을 찾아다닐 수 있는 능력도 되지 않아."

목적지도 없이 미궁을 헤매고 다닐 수는 없다. 미궁을 헤매면 헤맬수록 오버로드의 습격에 점점 워커는 줄어갈 수밖에 없다. 그렇게 되면 전력증강은 고사하고 결과적으로는 전력이 줄어들 수도 있다.

"윌리엄씨."

나인이 천화와 함께 2차 길드 대전에 대해 말하고 있던 윌리엄을 불렀다.

"어, 뭔가? 자네도 듣고 싶나?"

"그 사람. 얼굴과 이름 알고 계십니까?"

"물론 알지."

"그럼 만남을 주도할 수 있습니다."

나인의 능력.

만남.

그것을 이름과 얼굴을 알면 5분간 정신세계에서 대화할 수 있는 능력이었다. 만약 윌리엄이 풀 포텐셜 능력을 가진 워커와 대화해 그가 어딨는지를 알아낸다면 충분히 걸어볼 수 있는 도박이었다.

"희망은 그거 하나인가."

혼이 중얼거리며 말했다.

"근데 대화는 5분만 가능하지 않나?"

"그렇습니다."

"5분? 5분 만에 뭘 어떻게 대화를 하나?"

윌리엄이 당황한 듯 말했다. 티아는 그런 그를 어이가 없다는 듯이 노려봤다.

"아니, 5분이면 떡을 치고도 남겠다."

"티아! 여자가 그런 말을 하면 어떡해."

"관용구잖아. 이 멍청아!"

티아가 이마를 짚으며 고개를 절래 흔들었다. 니나는

입을 삐죽 내밀었다.

"그러니까 아저씨. 핵심말 말해. 핵심만."

"노력해보지. 음, 근데 상황을 설명해야."

"그것도 알아서 핵심상황만 말해."

"그렇게 해보지."

티아는 한숨을 내쉬었다. 그리고는 아무 말 없는 혼을 쳐다보며 푸념하듯이 말했다.

"왜 너는 아무 말 안 하냐?"

"할 말이 있는가. 이건 전적으로 윌리엄 대장에게 달린 일이다. 믿어야지."

그렇게 양이와 티아의 착잡한 표정과 함께 아이린이 나와 윌리엄의 머리에 손을 올렸다.

"준비되셨습니까?"

"오우. 됐다네."

그렇게 모두의 미래가 걸린 대화가 시작되었다.

❖

티아는 손톱을 물어뜯으며 회의실을 빙글빙글 돌고 있었다. 윌리엄이 대화하러 간 지 1분이 지났다. 가만히 앉아 있자니 가슴이 쿵쾅거려 짜증만 치밀어 오르는 티아였다.

"그런다고 뭐가 되지는 않습니다. 여제님,"

양이가 인상을 쓰며 말했다.

"알아 인마. 어쩌다가 저런 아저씨가 이런 중요한 정보를 가지고 있는 거냐고!"

"연륜?"

니나가 명쾌한 답을 내놓았다.

"내가 그걸 몰라서 물었겠냐?"

"내가 무슨 말만 하면 뭐라고 해."

니나는 울상을 지으며 고개를 돌렸다.

초조한 것은 모두가 마찬가지였다. 과거의 원수. 그리고 잠적해 살아있는지도 모르는 상대.

만약 살아있다고 하더라도 미궁 반대편 끝에 살고 있다고 하면 어쩔 것인가?

나인의 능력에 기댈 수도 없었다. 나인의 능력은 자신이 설정해놓은 지역으로 순간이동하는 것이었다. 꼼짝없이 미궁을 횡단해야 하는 상황도 생각해야 했다.

워커의 힘으로는 어쩔 수 없는 그런 상황이 벌어지면 그 또한 궁지에 몰리는 것이나 다름없었다.

"2분 지났네요."

천화가 초를 계속 세며 말했다. 그게 더 심장을 쫄깃하게 만들어주고 있었다.

그렇게 1분, 1분.

결국 5분이 지났고, 윌리엄이 살며시 눈을 떴다.

윌리엄의 시야에 들어온 것은 자신을 쳐다보고 있는 10명 이상의 워커들이었다. 윌리엄은 멋쩍게 웃었다.

"하하하. 살아있더라고."

"알아. 만남이 성사되었으니까."

혼이 딱 잘라 말했다.

"그보다 결과는? 어디 살아? 도와는 준데?"

티아가 빠르게 물었다. 윌리엄은 고개를 끄덕이며 말을 시작했다.

"어어. 많이 늙었더라고. 싸움이 지겨워서 잠적하고 조용한 동네에서 살고 있다네. 꽤 구석까지 틀어박혔더라고. 이야, 그런 깡촌에 있으니까 우리가 못 찾지……."

"아니! 그러니까 어디냐고 거기가. 이름!"

티아의 다급한 외침에 윌리엄이 잠시 생각하다 말했다.

"레디포르. 거기서 살고 있더라고. 조용히 나물만 먹으면서 말이야. 하하하, 점수도 거의 못벌어서 토박이가 다 되었다고 웃으면서 말하더라고."

"레디포르 찾아!"

양이는 바로 전체지도를 꺼내 레디포르를 찾기 시작했다. 깡촌이라고 했으니 중앙은 건너뛰고 구석을 찾기 시작했음에도 안전지대가 수십 개라 레디포르는 쉽게 찾아지지 않았다.

그리고 결국 찾은 레디포르는 아니나 다를까.

오르간 출루에서 가장 먼 곳이었다.

"오 마이 갓."

티아가 앞머리를 쓸어올리며 일어나더니 의자를 발로 걷어찼다.

"호오, 가는 루트가 여러 개인데. 누가 먼저 가나 승부할까? 네오니드대 포사토이오."

"그런 소리가 나옵니까? '

양이가 질린다는 듯이 호바스를 쳐다봤다.

설마 그 많은 곳 중에 가장 깡촌에서 살고 있을 줄이야. 오버로드만이 문제가 아니었다. 가는 동안 워커들에게 적대적인 안전지대도 수십 개는 지나가야 했다.

"저도 가기는 힘들 거 같네요."

나인이 씁쓸한 표정을 지었다.

레디포르에는 가본 적도 없다. 아니, 들어본 적도 없다. 한 번이라도 발을 찍었던 곳이라면 순간이동으로 날아갈 수 있겠지만 이번에는 나인이 할 수 있는 일은 없었다.

"비인도자로 정예 꾸리자."

티아가 바로 해결법을 들고 나왔다.

"인도자가 섞이면 습격받을 확률이 올라가니까 안 되고. 비인도자중 가장 강한 10명 정도 뽑아서 가자고. 나랑 양이랑, 거기 루시오랑 7대 길드 단장들이랑. 뭐 그렇게 가면 언젠가는 도착하겠지. 도착하면 지도에 뜰 테니까 그때 이동해. 인간을 기점으로도 이동할 수 있잖아. 그럼 되지?"

"그 방법밖에는 없겠네."

"가다가 죽지나 않으면 다행이겠시만."

너무 많이 데리고 가면 오르간 출루가 위험하고, 너무 적게 데려가면 도착하기 전에 전멸할 가능성이 컸다.

티아의 해답은 명답이었지만 그게 명답이라는 것 자체가 암울한 상황이었다.

"몇 개월 예상하나?"

"6개월? 빨라도 말이지. 중간중간 지나치는 도시 녀석들이 워커를 싫어하면 설득을 하든 녀석들을 제압하든 해야 해서 더 걸릴 수도 있어. 공성전도 소수로는 힘들겠지만 어떻게 해봐야지."

"미친 짓이네요."

양이가 어이가 없다는 듯이 웃으며 말했다.

"미친 짓이어도 그게 답이면 해야지 어쩌겠어? 안 그래?"

모두가 동의하는 분위기였다. 티아가 말한 방법 이외

에는 떠오르지 않는 것이 사실이었다.

그런데 그때 니나가 말했다.

"싫어."

티아는 앉아있는 니나를 내려보았다.

"뭐가 싫어?"

"한 마디로 성공 가능성도 별로 없는 것을 지금 티아가 하겠다는 거 아니야? 난 싫어."

"너한테 가라는 거 아니야. 걱정 마."

"그래도 싫어."

니나는 티아의 눈을 피하지 않으며 말했다. 티아는 그런 니나와 한참 눈빛을 주고받더니 한숨을 내쉬며 말했다.

"그럼 어쩌자고?"

"어떻게든 해야지. 근데 그건 싫어."

"어리광이야. 네 발언은 무시하겠어."

니나의 입꼬리가 실룩거렸다.

니나는 티아가 걱정 되서 한 소리였다. 상황이 어쩔 수 없다는 것은 알지만 티아가 위험을 감수할 필요는 없지 않은가 하는 생각도 들었다.

그런데 돌아온 것은 무시였다. 니나는 흥분해 벌떡 일어났다.

"내가 알아서 하면 되잖아. 그럼 티아가 안 가도 되는 거 아니야?"

"네가 어쩌게?"

"나 탄생의 인도자야! 창조의 능력을 가진……."

"넌 널 안 믿잖아."

티아가 정색하며 말했다. 니나의 불끈 쥔 주먹이 부들부들 떨렸다.

티아가 말한 것은 사실이다.

창조의 능력자는 자신을 믿는다. 맹신한다. 자신이 세계의 중심이라고 생각하고 물리법칙 따위, 세상의 진리 따위 상상으로 깨부수는 능력자.

어떻게 보면 최강인 능력자.

그게 탄생의 인도자다.

하지만 니나는 자신을 믿지 않았다. 예술가지만 자신을 100% 믿지 못했다.

달까지 날아가는 총알을 상상하면 그게 가능할까라는 의심을 먼저 한다.

순간이동 장치를 생각하면 인간의 몸은 어떻게 될까라는 궁금증이 먼저 떠오른다.

그 순간 창조는 불가능해진다.

결국, 니나가 창조하는 것들은 상식에서 크게 벗어나지

않은, 있을 법한 물건들뿐이다.

최강의 능력을 지녔음에도 니나는 최고로 약한 인도자다. '

티아는 그런 니나를 한참 쳐다보다가 고개를 절래 흔들며 밖으로 나갔다.

"아, 양이, 그리고 내가 지목한 애들. 내일까지 준비해. 양이는 네오니드에서 가장 강한 놈 한 3명 선출하고. 나도 그럴 테니까. 될 수 있으면 팀워크 중시하는 애들로. 그럼 내일 보자."

티아는 자기 할 말만 딱 끝내고 밖으로 나갔다.

혼은 니나를 가만히 쳐다봤다. 눈이 빨갛게 충혈되어 있었지만 니나는 눈물을 터트리지 않고 밖으로 나갔다. 혼은 천화가 따라 나가려는 것을 잡았다.

"내가 가서 얘기할게."

"심한 소리는 안 하실 거죠?"

"이미 여제님이 다 했잖아."

"아아, 큰일 났네."

루시오가 원탁에 머리를 박았다. 그리고는 혼을 쳐다보며 물었다.

"여제 명령인데 따라야겠지? 거스르면 큰일 나겠지. 엘리아가 맞짱 뜨자고 해도 큰일이고 말이야."

"뭐 어떻게든 해보겠지만, 아마 가지 않을까 싶다. 그럼 난 실례."

혼은 그렇게 말하며 니나를 뒤따라 나갔다.

❖

니나가 향한 곳은 폐건물이었다.

그곳에서 나는 소즈다니예를 들고 열심히 그림을 그리고 있었다. 아무래도 어떻게든 레디포르로 가는 무언가를 창조할 생각인 듯싶었지만, 발상부터 미력해 보였다.

"순간이동 기계. 순간이동 기계."

니나는 잡생각을 없애기 위해 계속 자기가 만들고자 하는 것을 머릿속에 되뇌고 있었다.

혼은 바로 앞까지 걸어갔다. 그럼에도 집중한 니나는 혼을 발견하지 못하고 그림에 열을 올렸다.

이윽고 나타난 것은 원형 체중계처럼 생긴 기계였다. 혼은 푸른 빛으로 빛나는 기계를 쳐다보며 말했다.

"만든 거냐? 순간이동 기계."

니나는 고개를 끄덕였다. 그러나 아직 풀이 죽어있는 상태였다.

"만들었는데. 반대편에도 똑같은 걸 놓아야 해."

"그럼 의미 없잖아. 나인 열화 복제 기계네."

"아아아아아! 왜 나는 못하는 거냐고!"

니나가 머리를 손으로 헝클며 외쳤다. 순간이동 기계를 만든 것만 해도 그녀에게 있어서는 엄청난 발전이었다. 그러나 순간이동 기계가 반대편에도 존재해야 한다는 고정관념을 깰 수는 없었다.

"그런데 말이야. 비행기는 안 만들어봤어?"

"비행기? 만들어 봤지. 날아가긴 하는데, 사람이 타면 어느 정도 이상 못 올라가."

미궁의 벽 이상으로는 못 올라가는 것이다.

미궁의 법칙. 하지만 그 말은 반대로 하면 물건은 하늘을 통해 충분히 날아다닐 수 있다는 것이었다.

"니나. 혹시 정확하게 레디포르로 떨어지는 로켓 같은 걸 만들 수는 없을까?"

"로켓?"

"그래. 로켓."

"정확하게 레디포르로 떨어지는……, 가능할 거 같아."

니나는 확신에 차 말했다. 가능하지 않더라도 가능하다 믿으면 만들어낼 수 있다. 그것이 니나의 능력이었다. 혼은 만족스러운 미소를 짓고는 니나의 머리에 손을 올렸다.

"그럼 수고하라고. 나도 내일까지 알아볼 건 알아보지."

혼은 그렇게 말하며 멀어져갔다.

❖

다음 날.

티아는 말한 대로 워커를 선별해 출정준비를 하고 있었다. 루시오와 엘리아, 그리고 헥터도 그 무리에 끼어 있었고, 윌리엄은 벤지를 데리고 갈 생각인 듯싶었다.

릴로이는 상황을 제대로 알지 못했다.

갑작스럽게 소수가 원정을 가는 상황이다. 그것만으로도 릴로이가 할 일은 정해져 있었다.

소수의 원정을 방해한다.

이들이 어디로 가는지만 알아내면 방해는 쉽다. 지나가는 길목에 오버로드 군대를 배치하기만 하면 된다. 뭣하면 자기가 참가하겠다고 나서서 실시간 보고도 가능하다.

티아를 비롯한 각 길드의 대장들이 참고하는 것으로 보아 중요한 임무인 것은 또 확실했다.

"저기!"

릴로이가 준비 중인 티아에게 손을 들며 달려갔다.

"뭔가?"

"어디를 가시는 겁니까?"

"볼일이 있어서 떠나기로 했다. 알 필요 없는 일이다."

티아는 퉁명스럽게 대답했다. 어차피 제대로 된 대답을 듣기 위해 한 질문은 아니었다.

"마, 만약에 중요한 일이라면 저도 같이 가도 되겠습니까?"

"네가? 왜?"

"오르간 출루의 방어대장으로서 도움을 드리고 싶습니다. 분명히 도움이 될 것입니다."

릴로이는 원래 나름 정의로운 축에 끼는 인간이었다. 이런 말을 하는 것이 이상하지는 않다. 그 증거로 근처의 오아시스 워커들은 릴로이를 전혀 이상하게 쳐다보고 있지 않았다.

"뭘 하는지도 모르는데 하겠다고?"

티아가 인상을 찌푸렸다. 릴로이는 차분하고 티아의 대답을 기다렸다.

"아니, 너는 데려가지 않겠……."

"왜, 그래? 좋잖아."

그때 혼이 걸어오며 말했다. 혼은 릴로이에게 어깨동무를 하며 말했다.

"이 사람도 나름 대장 하던 사람이라고."

릴로이는 혼을 보며 씩 웃었다. 그건 진심에서 나오는 미소였다. 여기서 혼이 두둔해줘서 원정대에 끼게 되면 일은 굉장히 수월해진다. 멍청한 놈이 지죽을지 모르고 나서고 있는 것이었다.

티아는 그런 혼을 보며 한숨부터 쉬었다.

"하아. 아무나 막 데리고 가는 것이 아니잖냐. 좀……."

"뭐! 이제 갈지 안 갈지도 모르지만."

티아는 혼의 말에 고개를 갸웃했다. 동시에 릴로이도 당황했다.

"그게 무슨 말이지? 안 갈지도 모른다니."

"일단 와서 보라고. 아, 너도 보고 싶나?"

혼의 기습 질문에 릴로이는 그저 고개를 끄덕일 뿐이었다. 혼은 앞장서서 걸어나갔다.

그곳에는 이미 양이를 비롯한 간부들이 전부 모여있었다. 니나의 앞에는 마치 총알처럼 생긴 작은 로켓이 놓여 있었다.

"자, 주목. 일단 이 로켓은 시속 1,200km 정도로 날아가는 소형로켓이다. 이 로켓은 쭉 날아가서 레디포르에 떨어질 예정이다."

"잠깐, 니나가 만든 거야?"

티아가 물었다.

니나는 조용히 고개를 끄덕일 뿐이었다. 레디포르로 가는 과학적인 증명은 없었다. 단순히 이건 레디포르로 갈 수 있다는 강한 믿음으로 만들었을 뿐.

"그래서 로켓으로 뭘 하려고 하는 거지? 뭐 솔직히 말해서 그걸 어디에 쓸 수 있을지도 모르겠는데."

티아는 니나의 성과를 헐뜯을 생각은 없었다. 그러나 실제로 이 로켓이 레디포르로 날아간다 하더라도 현재 있는 문제를 해결하는 것은 아니다.

레디포르로는 사람이 날아가야 한다.

그러나 저 초소형 로켓에는 사람이 탈 수도 없으며 설령 사람을 태운다고 하더라도 미궁의 벽을 넘을 수는 없다.

"우리 워커는 미궁의 벽을 넘을 수 없다. 나도 내 능력으로 시도해봐서 알아."

티아는 제트기에 올라타고 시도해봤다. 그러나 그럴 때마다 미궁의 하늘에는 무언가가 생겨나 그녀를 가로막았다.

"그래서 말인데 말이야. 이거."

혼은 순간 캡처를 꺼냈다.

군주기로 순간 캡처를 사용하면 안에 사람을 저장할 수 있었다.

"내가 이걸로 어젯밤 실험을 했거든. 이렇게 여기다가 천화를 넣고."

혼은 천화에게 반지를 가져다 대었다. 그러자 천화는 온데간데 사라졌다.

혼은 천화가 든 반지를 가지고 약 200m 정도를 달려갔다.

"그리고 나인이 능력을 쓰면 말이야. 나인!"

나인은 천화를 대상으로 순간이동을 사용했다. 그러자 그의 몸이 사라지고 반지 앞으로 이동된 것이다.

이미 어젯밤에 실험을 끝마쳐 나인과 혼, 그리고 천화는 이미 알고 있는 사실이었다.

"이 반지를 로켓에 달아서 날리면 되는 거지. 그런데 문제는 말이야. 미궁이 이 반지를 워커로 인식하는가 아닌가지."

아직 실험해보지 않은 것은 반지가 워커로서 인식되어 미궁이 내보내 주지 않는가, 혹은 물건으로 인식되어 나가는 가였다.

"그럼 이 반지에는 누가 탈 건가인데. 이게 좀 위험하거든. 가는 도중에 공중형 오버로드를 만나면 반지가 떨어질 수도 있고. 릴로이 아까 도움이 되고 싶다고 하지 않았나? 타는 건 어때?"

"네?"

릴로이는 당황해하며 한 발자국 물러났다.

이 망할 자식이 지금 뭐라고 하는 것인가. 분명 아까는 돕겠다고 했지만 이건 절대로 할 수 없는 일이었다.

릴로이의 모습을 하고, 길드에도 아직 이름이 남아있지만, 알맹이는 오버로드다.

나인이 릴로이에게 순간이동을 타더라도 릴로이는 이미 존재하지 않기 때문에 아무 일도 벌어지지 않는다. 게다가 저 반지에 들어가려면 혼과 같은 길드여야 한다. 릴로이는 길드탈퇴를 하고 나면 다른 길드에 들어갈 수 없는 몸이었다.

오버로드니까.

'제길, 원래부터 이걸 노린 건가?'

아까 웃으면서 다가왔던 것이? 설마 자신이 오버로드인 것을 눈치챈 것일까.

'망할자식.'

릴로이는 고민하는 척하며 속으로 혼에게 쌍욕을 퍼붓고 있었다. 어떻게 빠져나갈 방법이 없다고 생각하던 순간 옆에서 티아가 말했다.

"내가 타지."

"티아."

니나가 화들짝 놀라며 티아를 쳐다봤다. 티아만은 안타겠다고 할 줄 알았다. 합리적인 티아는 이런 도박을 거는 타입이 아니었다.

"다른 사람보니까 다 불안해하는 거 같은데. 내가 가야지."

그러자 혼이 물었다.

"습격받으면?"

"시속 1,200km로 날아가는 저 초소형 로켓이 습격받는다고? 그럴 확률은 없다고 봐. 그리고 니나가 만들었다면 확실한 물건이겠지."

"그렇다네?"

혼은 니나에게로 시선을 옮겼다.

니나는 멍하니 티아를 쳐다보고 있을 뿐이었다.

티아는 항상 니나에게 있어 마치 부모와 같은 존재였다. 능력 없고, 철이 없던 니나를 돌봐주던 존재. 항상 자신을 못 미더워하던 그런 존재.

"왜?"

니나가 물었다. 티아는 황당하다는 듯이 니나를 보다가 말했다.

"왜라니? 뭔 질문이 그래?"

"아니, 왜? 안 무서워."

"네가 한다고 했으니까 제대로 만들었겠지. 항상 그랬잖아. 만드는 건 잘했었어."

"이번에는 제대로 못 만들었을 수도 있잖아."

"뭐야?"

티아가 피식 웃었다.

"다 만들어놓고. 그런 말 하면 어떡해? 그리고 네가 만든 걸 내가 안 믿어주면 누가 믿어 주겠냐."

니나는 멍한 표정을 지었다.

항상 티아가 니나에게 뭐라고 하는 부분은 니나가 하지 않을 때였다.

아무것도 하지 않고 하기 싫다고 할 때 티아는 니나에게 잔소리를 퍼부었다.

그러나 그만큼 니나가 무언가를 해내면 치켜세워줬다. 칭찬을 하루 종일 하고도 모자라 다음 날에 다른 사람에게까지 할 정도였다.

생각해보면 항상 티아는 자신을 믿어줬다.

자신을 믿지 못한 것은 니나 본인이었다.

티아는 빠르게 메이즈 헌터에 가입했다. 혼은 순간 캡처에서 천화를 꺼내고 티아에게로 가져다 대었다.

티아는 고개를 돌려 니나를 보며 마지막으로 말했다.

"잘했어. 원정 6개월 고생할 줄 알았는데. 고맙다."

"그럼 간다."

"어."

혼은 티아를 반지로 쳐 안으로 넣었다. 그리고 니나의 초소형 로켓에 달았다. 초소형 로켓은 이미 반지를 염두하고 만들어져 있었기 때문에 탈부착은 완벽하게 해낼 수 있었다.

"괜찮겠지?"

"괜찮을 거다."

니나는 마지막으로 혼에게 물어본 뒤 심호흡했다.

"그래, 날리자."

니나의 말을 마지막으로 초소형로켓이 하늘로 치솟았다.

거리를 계산하면 약 8시간 뒤에 티아는 레디포르에 도착한다. 로켓에는 위치추적기가 달려있어 언제 도착하는지 알 수 있었다. 그것도 물론 반지가 물건으로 인식되어 미로의 지붕을 뚫고 날아갔을 때 이야기다.

"제발. 제발."

루시오는 두 손을 모으고 기도했다. 그건 양이도 마찬가지다. 누구든 원정은 가기 싫어했다.

다른 의미로 기도하는 사람은 릴로이였다. 원정을 떠나는 편이 그에게는 훨씬 좋았다. 만약 저 초소형로켓이 그대로 날아간다면 워커들이 뭘 하고 있는지는 몰라도 그들 좋은 쪽으로 일이 풀리는 것이었다.

'막혀라. 막혀라. 막혀라!'

초소형로켓은 하늘로 치솟았다.

그리고 순식간에 구름을 뚫었다.

"통과했다.

목을 젖히고 하늘을 올려보던 니나가 말했다. 양이가
주먹을 불끈 쥐었고, 천화는 타르티스와 하이파이브를 했
다. 릴로이도 웃으며 박수는 쳤지만 속은 부글부글 끓었
다.

"어떻게 됐어?"

"이제 궤도에 들어섰어. 레디포르로 가는 중이야."

"반지는?"

"걸려있어."

니나가 화색을 띠며 말했다.

성공한 것이다.

반지는 물건으로 인식되어 미궁의 하늘을 뚫고 날아갔
다. 로켓은 순조롭게 레디포르를 향해 날아가고 있었다.
이제 기다리기만 하면 된다.

"제가 이동시킬 수 있는 인원수는 한정되어 있습니다.
일단 몇 명이나 이동할지를 생각해보죠."

"강화 능력자라면 일단 강화 시킬 놈들은 다 데리고 가
야지."

당장 생각나는 것은 혼과 호바스. 그리고 천화 정도였다. 여러 명이 각성하면 할수록 좋았으니 최대한 많은 인원을 데리고 갈 생각이었다.

"나인이랑 양이, 그리고 니나가 나름 선별해봐. 강한 놈들로. 최대한 많이 데리고 가야지."

나인은 고개를 끄덕였다.

"한 20명은 데리고 갈 수 있을 겁니다. 거리가 멀어서 그 이상은 힘듭니다. 한 왕국당 3명 정도만 구해주십시오."

양이는 고개를 끄덕이고 멀어져갔다.

릴로이도 고개를 끄덕이고 몸을 돌렸다. 모두에게서 얼굴을 돌린 릴로이의 표정이 심하게 일그러졌다.

'망할.'

기습의 기회는 사라졌다. 레디포르라고 했던가. 그곳은 꽤 먼 곳이라 스네일의 이동능력이 없으면 지원을 기다리기도 힘들었다. 고작 몇 시간밖에 없는 지금 스네일이 흩어져있는 오버로드를 모아 레디포르까지 오는 것도 힘든 일이었다.

그것보다 더 큰 문제는 릴로이도 분명 레디포르로 가게 된다는 것이다. 오아시스 길드 내에서 릴로이는 상당히 강한 축에 끼었다. 나인이 그런 그를 두고 갈 리가 없었고,

릴로이의 성격상 그것을 마다하는 것은 또 맞지 않았다.

애초에 지금도 뒤통수가 상당히 따가웠다.

아까 괜히 따라가겠다고 나섰다가 혼에게 이상한 시선을 받고 있었다.

별문제가 없는 행동에도 혼은 릴로이를 살피고 있다.

만약 나인이 가자고 했는데 안 간다면?

잠입을 지속할 수 없지도 모른다.

하지만 그렇다고 만약 따라간다면 각성을 시켜준다는 그 워커가 릴로이를 알아볼 확률이 높았다. 각성은 워커만 되는 것이라고 생각할 수 있었다. 그렇다면 각성이 안 되는 릴로이가 의심받는 것은 당연한 일.

'외통수군.'

피할 수 없다면 배수진을 치는 수밖에 없다. 스네일에게 연락해 최대한 빨리 지원군을 받는 것 외에는 선택지가 없어 보였다.

그는 아무도 없는 장소로 가 소라고둥을 꺼냈다.

"스네일인가? 레디포르로 최대한 빨리 와라."

릴로이는 대답을 듣지 않고 끊었다. 주변에 누가 있을지 모르는 상황에서 말을 길게 할 수는 없었다.

"제길."

자신이 무시하던 스네일에게 기댈 수밖에 없는 상황.

짜증 나는 상황이었지만 어쩔 수 없다. 릴로이는 재빨리 표정을 가다듬으며 사람들이 있는 곳으로 향했다.

❖

스네일은 릴로이의 전언을 듣고 대답을 하려다 멈췄다. 이미 릴로이쪽에서 연결이 끊어진 것이다.

"레디포르?"

처음 듣는 곳이었다. 그만큼 변방이라는 뜻일 것이다. 최대한 빨리라고 말한 것으로 보아 여간 급한 것이 아닐 것이다. 그러나 충분히 오버로드를 모아 가지 않는 이상 호랑이 아가리로 걸어 들어가는 꼴이다.

"급한 가 봐?"

그때 옆에서 한 여자가 말했다.

여자의 등에는 반투명한 날개가 6개 돋아나 있었다. 여자의 외견은 인간과 거의 같았는데 한 가지 동공이 마치 거미의 눈과 같았다.

여자의 이름은 플라이. 새로운 4성급 오버로드.

스네일이 쳐다보자 플라이가 미소를 지었다.

"왜? 레디포르로 가는 게 뭐가 걸려?"

"충분한 병력을 모을 시간이……."

"병력? 하하하, 야 너 농담도 잘한다. 오래 살아서 센스 있는 건가."

플라이는 박장대소하며 스네일의 어깨를 때렸다.

"지금 쫄아서 못 간다는 거야?"

"준비를 철저히 해야 한다. 프레야코에서도 그랬고, 오아시스에서도 그랬고, 상대는 우리 생각보다 강했다."

"그건 너희 때 이야기고."

플라이가 고개를 갸웃거리며 말했다.

"어차피 워커들 아니야? 그지? 지금 여기에는 3성급 오버로드가 20이나 있다고. 어때? 그냥 가면 될 거 같지 않아?"

스네일은 말이 없었다.

부족하다.

확실히 부족하다. 3성급 오버로드는 분명히 강하다. 그렇지만 이번 시대의 워커들 중 몇몇은 3성급과 일대일로 붙어도 밀리지 않을 만큼 강한 이들이 꽤 많았다.

게다가 인도자.

죽음의 인도자와 분쟁의 인도자는 그 어떤 때보다 강하다. 화합의 인도자도 그전과 다르게 상당한 전투력을 갖추고 있었다.

3성급 워커 20기.

거기다가 4성급이 3명이라면 충분한 전력이긴 하다.

하지만 안텐이 걸린다.

안텐이 만약 분쟁의 인도자에게 당했다면 그녀는 적이라고 봐도 무방했다.

안텐까지 적의 전력에 넣게 되면…….

'아, 머리야.'

스네일은 고개를 들며 크게 숨을 내쉬었다. 플라이는 그런 그를 보며 고개를 갸웃했다.

"아~ 이해가 안 가네. 뭘 그렇게 쫀거야?"

플라이는 날개를 퍼덕이며, 아니 진동시키며 하늘로 날아올랐다. 그리고는 스네일과 코가 맞닿을 정도로 자신의 얼굴을 들이밀었다.

"너, 최대한 빨리 가야 한다는 소리 못 들었어?"

"그래, 그러니까 전력 보강을 해야겠다."

스네일은 가만히 생각하다가 말했다. 플라이는 얼굴을 다시 뒤로 물리며 손가락을 턱에 가져다 대었다.

"전력보강?"

"그래, 가장 빠르게 할 수 있는 전력보강."

스네일은 그렇게 말하고는 땅굴을 파며 사라졌다.

NEO MODERN FANTASY STORY & ADVANTURE

네이즈
헌터

2

Maze Hunter

2

"준비됐습니까?"

갈색 제복을 입은 나인이 걸어 나오며 말했다. 넓은 공터에는 레디포르로 갈 정예들이 각자의 포즈로 나인을 기다리고 있었다.

인도자들과 엘리아를 비롯한 제노사이드. 양이와 제3 기사단의 워커들. 그리고 니나가 데려온 포사토이오의 워커들까지 합쳐서 총 20명이었다.

릴로이는 나인의 옆에 있었다.

역시나 오아시스의 대표로 릴로이가 뽑힌 상태였다.

"반지는 다행히 레디포르에 잘 도착한 것만 같습니다.

그러면 이제 이동하겠습니다."

나인은 정신을 집중했다. 그러자 바닥에 원형 마법진이 생겨났다. 그리고 순식간에 그 안에 있던 사람들이 전부 사라졌다.

마치 영화를 빨리 감기 하듯 온 세상이 순식간에 지나갔다. 20명이나 되는 사람들이 감탄사를 미처 뱉기도 전에 레디포르에 도착했다.

"도착……했습니다."

나인은 힘겹게 말하며 앞으로 풀썩 쓰러졌다. 그런 그를 받은 것은 하양이였다. 너무 먼 거리를, 그것도 너무 많은 사람들을 데리고 오느라 힘을 전부 사용한 탓이었다.

"레디포르라. 시골이네."

호바스가 주변을 둘러보며 말했다.

그들이 서 있는 곳은 논밭 한가운데였다. 저 멀리서 소 비슷한 생명체가 쟁기를 끌고 있는 것이 보였다.

새 지저귀는 소리가 들려왔다. 평화로움이 공기 중에 녹아들어 있는 것만 같았다.

다른 이들이 레디포르를 둘러보고 있을 때 혼은 바닥을 바라봤다. 티아가 들어가 있는 반지를 찾는 것이었다. 나인은 반지를 목표로 순간이동을 탔기 때문에 이 근처에 있는 것은 확실했다.

"찾았다!"

혼보다 니나가 먼저 발견하고 혼에게 반지를 가져왔다.

"꺼내 줘."

혼은 티아를 꺼냈다.

밖으로 나온 티아는 잠시 멍하니 서 있더니 주변을 둘러보고는 안도의 미소를 지었다.

"잘 됐나 보네."

"티아!"

니나가 티아의 가슴에 얼굴을 파묻었다.

"잘했어. 잘했어. 자, 그럼 여기에 각성시켜주는 워커가 있다는 거잖아. 당장 찾아가야지."

티아는 그렇게 말하며 윌리엄을 돌아봤다. 윌리엄은 고개를 끄덕였다.

"그래, 찾아봐야지. 나는 그럼 저기 보이는 마을로 가서 한 번 찾아보겠네. 자네들도 이름이 케서린이니 한 번 수소문해보고. 내가 성도 가르쳐달라고 그랬는데 이 인간이 성은 적에게 알려줄 수 없다며 참. 아 그리고 가명을 사용할 거야. 아마 워커로서의 이름을 전부 버렸기 때문에 뭐 그런 점에서 생각을 해보자면……."

"케서린으로 찾아보지."

혼이 윌리엄의 말을 끊고 앞으로 걸어갔다.

"저도 가보겠습니다."

릴로이가 나인에게 꾸벅 고개를 숙이고는 움직였다.

이건 신이 준 기회다. 케서린이라는 여자를 자기가 가장 먼저 찾아 죽이면 되는 일 아니던가. 의심은 받겠지만 저들이 각성하지 못하게 막는 일은 그만큼 중요했다.

그것만으로도 잠입한 보람이 있다고 할 수 있다. 릴로이는 서둘러 마을 안으로 들어갔다.

혼은 천화와 하양이와 함께 움직였다.

마을은 동산 위에 만들어져 있었다. 평야 지역은 전부 농장지대였다. 자갈길을 따라 동산을 올라가던 혼은 가장 첫 번째 집 앞에서 멈춰 섰다.

꽤 문이 컸다. 약 3m는 되어 보이는 높이였다. 그만큼 천장도 높았다.

거인족이라도 사는 것일까.

혼은 문을 두드렸다.

"실례합니다."

"누구세요?"

안에서 젊은 여자의 목소리가 들려왔다. 문이 열리고 여자의 다리가 눈에 들어왔다.

매끈하게 뻗은 4개의 다리. 마치 사슴의 다리와 같았다.

'다리가 4개?'

혼은 슬쩍 고개를 들어 여자의 얼굴을 쳐다봤다.

180대 중반 정도의 혼이 올려다봐야 할 정도로 여자의 얼굴은 높이 있었다.

하얗고 작은 얼굴에 마치 엘프와도 같은 얼굴. 초록색 머리를 뒤로 묶은 여자는 혼과 천화를 돌아보더니 미소를 지었다.

"어머, 다른 곳에서 오신 손님인가 보네요."

여자는 화들짝 놀라며 혼과 천화를 반겼다. 아무래도 이곳에 워커에 대한 이미지는 나쁘지 않은 모양이었다.

갑자기 반인반수가 튀어나오자 놀란 천화와 달리 혼은 기분이 좋아 보였다.

"같은 워커를 찾고 있습니다. 케서린이라고 하는데. 여기 사는 워커말입니다."

"아, 의사님 말이시군요. 이름은 케서린이 아니지만 당신들 같이 생기신 분은 그분밖에 없죠."

빙고.

이곳에 사는 원주민들이 인간이 아닌 것이 다행이었다. 브로크데일처럼 인간과 거의 똑같은 생김새를 가진 종족이었다면 케서린을 찾기는 쉽지 않았을 것이다.

"그럼 그분이 어디 사는지 알려주실 수 있나요?"

"그건 안됩니다."

여자는 단호하게 말했다.

"왜죠?"

혼은 쉽게 포기할 생각이 없었다. 이렇게 단호하게 말한 것을 보면 다른 집으로 가서 묻더라도 다른 대답만이 돌아올 뿐이었다. 지금 이 집에서 알아내지 못한다면 다른 곳에서도 알아내지 못할 확률이 높았다.

"자기를 찾으러 오는 워커가 있다면 알려주지 말라고 선생님이 그러셨거든요."

"엄마! 밥!"

"아, 죄송합니다. 애들 밥을 주고 있던 터라. 그럼 안녕히 가세요."

여자는 문을 닫았다.

혼과 천화는 멍하니 문을 쳐다보고 있을 뿐이었다.

"어떻게 하실 거죠?"

"뭘 어떻게 해? 급하잖아."

혼은 세버런스를 꺼냈다.

"애가 있는 사람에게서 정보를 빼내는 건 가장 쉬운 일 중 하나거든, 진짜로 뭘 할 거는 아니니까 밖에서 기다리고 있어."

천화는 아랫입술을 살짝 깨물었다. 혼이 하려는 일에

찬성하는 것은 아니지만 그만큼 지금 상황은 급했다. 천화가 말릴 새도 없이 혼은 문 손잡이를 잡았다.

"크아악!"

그 순간이었다.

동산 위에서 한 워커가 가슴을 부여잡고 자갈길을 굴러 내려오고 있었다.

그리고 그 위에는 근육질의 남자가 서 있었다. 웃통을 벗은 남자는 방금 혼이 보았던 여자와 비슷하게 반은 말의 형상을 하고 있었다.

"어디서 협박질인가! 그러고도 무사할 줄 알았느냐!"

굴러떨어진 것은 양이였다.

"뭐야?"

"아, 이거 진짜 아프네."

양이는 고통스러워하며 몸을 일으켰다. 혼은 그런 양이를 보며 고개를 절래 흔들었다.

"협박했나?"

"협박이라니? 나는 지금 현 상황을 친절하게 설명해줬을 뿐이야."

양이가 쿨럭거리며 말했다.

양이는 혼이 들른 집보다 조금 위에 있는 집으로 향했다. 다른 점이라면 그를 맞이한 것이 저 우락부락한 남자 켄타우로스였다는 것이다.

양이는 케서린의 행방을 물었고 남자 켄타우로스는 혼이 만난 여자와 같은 반응을 보였다.

"난 그냥 우리가 있으면 여기로 오버로드가 올 수 있고, 또 우리도 급하기 때문에 너희들의 안전을 보장할 수 없다고 했을 뿐이야. 애들이 보이길래 애들도 생각하라고 했지."

"그게 컸군."

확실히 애들은 좋은 협박 소재다.

어쨌든 저 남자 켄타우로스는 겁먹고 케서린에 대한 정보를 내놓기보다 양이를 발로 차 버린 것 같았다.

"약골이었네. 너."

"아니, 아니. 나도 싸움은 어느 정도 한다고."

양이가 고개를 절래 흔들며 말했다.

"저놈이 너무 빨랐을 뿐이야. 진짜다."

어쨌든 일이 꼬여 버린 건 사실이다. 남자 켄타우로스의 우렁찬 외침을 듣고 역시 우락부락한 다른 켄타우로스들까지 나오기 시작했다.

다른 곳에서 수소문하던 워커들마저 쫓겨난 상태였다.

"뭐야? 어떻게 된 거야?"

티아가 화난 얼굴로 달려왔다. 양이는 티아에게서 시선을 돌렸다.

"혼! 니가 그랬어?"

혼은 대답하지 않고 양이를 손가락으로 가리켰다. 티아가 노려보자 양이가 볼을 붉혔다.

"아니, 그게. 뭐 급한 상황 아니었습니까. 좀 빠른 길을 가려고 했었죠."

"하아, 믿었던 네가 그러면 어떡하냐."

티아는 그렇게 말하며 살기등등하게 워커들을 노려보는 켄타우로스들을 쳐다봤다.

그때 저 멀리서 호바스가 안텐을 끌고 걸어왔다.

"뭐야? 뭐야?"

호바스는 싱글벙글 웃으며 지금의 상황을 즐기고 있었다.

"뭐 문제 있어? 그럼 내가 해결해 줄까? 어때?"

"그게 가장 쉬운 방법이겠네."

혼이 고개를 끄덕였다.

처음에는 케서린이 어딨는지를 알아내기만 해도 될 일이었다. 하지만 지금은 시비가 붙은 저 켄타우로스들과 한판 붙어야 할 판이었다.

그것만은 피하고 싶었다.

케서린이 사는 동네에서 유혈사태를 벌였다가는 협력은커녕 적으로 몰릴 수 있었다.

호바스의 능력이라면 굳이 유혈사태를 만들지 않고도 상황을 반전시킬 수 있었다.

"그럴 필요 없다."

그때, 저 멀리서 붉은 머리의 한 여성이 걸어 나왔다. 50대는 되어 보이는 여성은 담배를 입에 물고 켄타우로스들 사이로 빠져나왔다.

주름진 얼굴과 날카로운 눈매.

청바지와 청자켓을 입은 과거 서양 멋쟁이 중년의 모습이었다.

여자의 옆에는 대머리 윌리엄이 서 있었다. 윌리엄은 미소와 함께 현 상황을 둘러봤다.

"싸우는 건가? 어쩌다가 이렇게 된 건가?"

"뭘 어떻게 됐겠어? 워커들이 다 똑같지. 또 안 알려준다고 협박이나 하고 그랬겠지."

케서린은 혀를 차며 말했다.

"벌써 찾은 거였어?"

양이가 인상을 찌푸렸다. 괜히 발길질만 당한 상황이었다. 윌리엄은 허허 웃으며 꼭대기를 가리켰다.

"원래 이 여자가 꼭대기를 좋아했었거든. 동산을 보자마자 저기 있을 거로 생각했지."

"그런 좋은 정보는 빨리 말해."

양이가 고개를 절래 흔들며 말했다.

"하하하. 아닐 수도 있지 않나."

"아는 사람들입니까? 선생님."

"어, 이놈들이 이렇게 빨리 올 줄은 몰랐지만 말이야. 하루도 안 걸린 거 아닌가? 도대체 어디 있었길래 이렇게 빨리 온 거야?"

케서린이 윌리엄에게 물었다.

원래 이 마을의 주민들에게 워커가 올 것이라는 전언을 줄 생각이었다. 무엇보다 오지 말라고 한 것은 아니었기 때문이다. 그러나 생각보다 너무 빨리 왔다. 빨라도 3개월은 걸릴 줄 알았는데 말이다.

"만남의 인도자가 있었지. 하하하. 신문도 안 보나? 우리 때랑은 다르게 인도자가 전부 나왔다고. 저 앞에 보이는 저기 저 동양인 남자가 죽음의 인도자인데……."

"만남의 인도자가 여길 왔다고?"

케서린은 윌리엄의 말을 끊으며 감탄사를 뱉었다. 만남의 인도자는 자신의 길드원이나 자신이 미리 표식을 둔 지역으로만 순간이동을 할 수 있었다.

레디포르라는 변방까지 왔던 만남의 인도자는 없다.

"선생님."

켄타우로스가 케서린에게 다가가며 말했다.

"저쪽에서 협박을 해왔습니다. 아무리 선생님이 아는 사람이라 하더라도 그냥 넘어갈 수는 없습니다."

"아, 나도 그렇게 생각해. 당연하지. 당연하고말고."

케서린은 낮은 곳에 있는 워커들을 내려다보았다. 혼은 케서린이 뭐라고 하기 전에 먼저 앞으로 나왔다.

"사과하도록 하지."

시간이 촉박했다. 여기서 괜히 자존심 세우면서 사과하지 않는 것은 뇌 없는 자의식 덩어리들이나 하는 짓이었다. 양이는 표정이 좋지 않았지만 혼의 말에 따라 앞으로 나와 고개를 숙였다.

"미안하다. 너무 급해서 그랬다. 하지만 내가 한 말은 사실이다. 곧 오버로드가 올 수도 있다. 우리는 빨리 떠나야 한다."

케서린을 찾은 이상 고개를 숙이는 것쯤은 아무것도 아니었다. 케서린은 귀를 파며 양이의 사과를 내려보았다. 깔보는 듯한 눈빛. 양이는 신경 쓰지 않았다.

"이래서 워커들이 싫단 말이야."

케서린이 중얼거렸다.

"완전 박쥐잖아. 협박했으면 끝까지 협박으로 가든가. 바로 태세를 바꿔버리잖아. 마음에 안 들어. 마음에 안 들어. 그래서 어찌할 거지? 족장."

족장이라고 불린 켄타우로스가 앞으로 나왔다.

그의 이름은 블레이드워든. 이 마을의 족장이며 재수 없게도 양이가 협박한 그 켄타우로스였다.

"만약 우리가 힘이 없었다면 저들은 우리를 짓밟았을 것이다."

블레이드워든은 그렇게 말하며 손에 힘을 주었다.

"그렇기에 말로는 용서할 수 없다."

블레이드워든의 말대로 만약 켄타우로스 종족이 조금만 약했더라면, 그리고 케서린이 앞으로 나서지 않았다면 워커들은 그들을 짓밟아 정보를 빼냈을 것이다.

"일이 꼬이네."

양이가 머리를 긁적였다.

"어쩔 수 없지."

혼은 이미 벌어진 상황을 탓할 생각은 없었다. 케서린은 어깨를 으쓱하며 말했다.

"내 친구들이 그렇다 한다면 난 이들 말대로 행동하겠어. 각성은 없다."

티아가 지끈거리는 미간을 짚었다. 여기까지 오기만 하면 모든 것이 해결될 줄 알았는데 다시 꼬이기 시작했다. 그렇게 누구도 말이 없을 때 뒤에서 앳된 여자의 목소리가 들렸다.

"아~! 짜증나! 뭐 하는 거야?"

엘리아가 사람들을 밀어내며 맨 앞으로 걸어 나왔다. 루시오도 같이 딸려 나오며 혼의 어깨를 툭 쳤다.

"야, 괜찮아? 가만 놔둬도 돼?"

"일단은."

엘리아의 행동패턴은 단순했다.

호바스가 승부광이라면 엘리아는 전투광이다. 오르간 출루에 오고 제대로 된 전투를 할 수 없었던 그녀는 욕구 불만에 빠져있었다.

그런 상황에서 일마저 꼬여가니 짜증이 안 날 수가 없던 것이다.

"협박하려면 제대로 했어야지!"

엘리아는 양이에게 손가락질을 하며 외친 뒤 블레이드 워든을 쳐다봤다.

"어이, 거기. 말."

블레이드워든은 자신보다 한참은 작은 엘리아를 노려 봤다. 엘리아는 피식 웃었다.

"아까 너희가 조금만 약했다면 밟혔을 것이라고 했지? 그지? 근데 말이야. 착각이 심해. 너~무 심해."

엘리아는 천천히 걸어가 블레이드워든의 앞에 섰다.

"너희는 지금도 약해. 지금도 우리는 너희를 밟을 수

있거든. 이렇게!"

엘리아는 빠르게 블레이드워든의 다리를 잡았다.

그리고는 있는 힘껏 들어 반대편으로 던졌다. 블레이드워든의 몸은 붕 날라 워커들 한가운데에 떨어졌다.

혹시나 모를 상황에 대비해 긴장하고 있던 블레이드워든은 자신의 몸이 떠오르는 것에 놀라 바닥에 충돌한 뒤에도 어안이 벙벙한 표정을 지었다.

하지만 이내 악귀와 같은 표정을 지었다.

"이년이!"

"흥! 솜털 같은 녀석."

엘리아는 팔짱을 끼고 자신을 노려보는 다른 켄타우로스들에게 코웃음을 쳐줬다.

"협박은 이게 협박이라는 거다."

"오냐, 죽고 싶은가 보구나."

블레이드워든은 몸을 일으켰다. 호바스는 흥분한 얼굴로 혼의 옆으로 와서 말했다.

"뭐야? 뭐야? 흥미진진한데? 승부 걸까? 내기 걸까? 난 저 꼬맹이가 이긴다에 한 표."

"나도 엘리아에 걸지."

"에이, 그럼 승부가 안 되잖아."

가만히 두 사람의 대화를 듣고 있던 블레이드워든의

얼굴을 붉어졌다.

블레이드워든 켄타우로스 종족 최강자였다. 그의 힘은 역사상 그 어떤 켄타우로스보다도 강했다. 그 이유는 케서린에 있었다. 케설린은 블레이드워든의 능력을 한계치까지 올려줬다.

덕분에 웬만한 워커들은 한 손으로 짓뭉갤 수 있는 것이 블레이드워든이었다.

"이야, 저런 걸 데리고 온 건가? 우리 대머리 아저씨는 완전 퇴물인데?"

케서린이 낄낄거리며 윌리엄에게 말했다. 윌리엄은 손수건으로 머리를 문지르며 당황스러워했다.

블레이드워든은 있는 힘껏 엘리아에게 달려가기 시작했다. 엘리아의 키는 블레이드워든의 배정도 밖에 오지 않았다. 그럼에도 엘리아는 미동 없이 팔짱을 끼고 서 있다 있는 힘껏 점프를 뛰었다.

그리고는 자신을 향해 달려오는 블레이드워든의 얼굴을 있는 힘껏 작은 주먹으로 강타했다.

블레이드워든의 몸이 뒤로 젖혀지면서 몸이 거꾸로 한 바퀴 돌아갔다.

블레이드워든이 다시 땅에 처박히자 켄타우로스들의 표정이 달라졌다.

"크윽."

허리가 휠 것처럼 돌아갔던 블레이드워든은 금세 다시 일어나 자세를 잡았다.

엘리아는 콧방귀를 끼고 있었다.

"이야, 저 꼬맹이도 장난 아니네. 그만, 그만."

케서린이 앞으로 나서며 말했다.

이대로 계속 엘리아와 블레이드워든이 싸우다 보면 전쟁이 날 것이다. 괜히 강한 척을 하며 사과를 받겠다고 할 때가 아니었다. 엘리아는 의기양양하게 케서린에게 말했다.

"빨리 각성이나 시켜달라고."

"선생님. 걱정하지 마십쇼. 우리가 알아서 처리하겠습니다. 모두들!"

"그만하면 됐다."

케서린이 흥분한 블레이드워든을 멈췄다.

워커쪽에서 먼저 괘씸하게 나오긴 했지만 그걸 가지고 전쟁을 벌일 만큼 케서린은 쓸데 없는 곳에 자존심을 세우지 않았다. 사과할 마음이 없다면 좋다. 엘리아의 말대로 더 강한 쪽은 아무래도 워커들 쪽이다.

인도자도 다섯이나 있으니 말이다.

"뭐 환영은 못 받겠지만 어쩔 수 없지. 각성은 해준다고 윌리엄에게도 말했으니까 말이야."

케서린은 이미 윌리엄과 대화에서 오기만 하면 각성은 시켜줄 수 있다고 말했다. 생각보다 너무 빨리 오긴 했지만 각성하는 데에 문제는 없다.

"후."

블레이드워든은 신경질적인 얼굴로 엘리아를 스쳐 지나가 다시 케서린의 옆으로 돌아갔다.

"다만 내 능력을 윌리엄이 잘 모르는 거 같은데 말이야. 손가락 튕긴다고 너희들의 능력을 한계까지 끌어낼 수 있는 건 아니야. 최대 3명. 그 이상은 안 돼. 한 번 하고 나면 6개월은 쉬어야 하니까 그것도 생각해두고 정하라고."

윌리엄은 적으로서 케서린의 능력을 본 것이기 때문에 세부적인 것은 알지 못했다.

릴로이는 케서린의 말에 안도의 한숨을 내쉬었다. 3명뿐이라면 자신이 그 안에 들어갈 일은 거의 없기 때문이다. 당장 가장 강력한 3인을 뽑이라면 티아, 호바스, 그리고 혼이었다. 모두들 비슷하게 생각하고 있는 것처럼 보였다.

"그럼 우리가 세명만 뽑아보지."

혼이 말했다. 그러자 케서린이 손가락을 까닥이며 말했다.

"어이구? 골라줄게. 각성을 시도하면 한계가 보이거든. 너희의 그 콩알만 한 눈으로 제대로 사람을 제대로 볼 수나 있겠어? 일단 애."

케서린은 바로 엘리아를 찍었다.

이미 블레이드워든과 싸울 때 엘리아가 얼마나 클 수 있을지를 본 것이다.

"잠깐, 잠깐."

그때 혼이 앞으로 나섰다.

"워커는 한계가 없다고 하지 않았나?"

신체 각성이후 단련을 하면 할수록 체력과 힘은 늘어났다. 그런데 한계라니? 워커에게 한계란 없다는 것이 사실이었다. 물론 시간적으로나 정신적으로나 평생 수련만 하면서 살 수는 없는 일이었다. 그렇다 하더라도 한계가 있다고 단정 짓는 것은 지금까지의 상식과는 다른 이야기였다.

케서린은 멀뚱멀뚱 혼을 쳐다보다가 웃었다.

"이야, 너 대단하구나. 한계가 왜 없어. 인간에게는 한계가 있지."

"그래, 인간에게는 한계가 있겠지. 하지만 워커에게는 없는 거 아니었는가?"

"그래서, 그 한계가 있는 인간 중 인간의 한계를 경험한 자는 얼마나 되는데?"

케서린이 반대로 물었다.

한계라는 것은 과학적으로 존재하는 것이다.

인간의 다리는 시속 100km를 낼 수 없고, 인간의 근력은 몇백 킬로 이상을 들 수 없다. 그러나 그 한계라고 과학이 말하는 곳까지 간 인간이 얼마나 있던가.

한 명이라도 있던가.

날고 기는 운동선수들도, 과학의 힘으로 과거와 비교하면 월등히 효율 높은 훈련을 하는 격투가들도 인간의 한계를 쳤다고 말할 수 있는가.

케서린의 말대로 인간에게는 고유의 한계가 존재한다.

누구나가 노력만으로 최고가 될 수 있다면 세상은 능력자로 가득찼을 것이다.

노력하는 것도 능력이고, 노력의 효율을 재능으로 판별난다.

결국 한계란 그렇게 개개인이 가지고 있는 벽이라는 것이다. 한계가 없다고 하는 미궁에서도 그것은 변하지 않는다.

현재 제일 강하다고 한계까지 각성했을 때도 제일 강한 것은 아니라는 것이다.

"이 꼬맹이는 상당하네. 강해지고 싶다는 생각으로 가득 차 있어. 실전으로 강해지는 타입이라 최강이 되기 전에 죽을 확률도 높지만. 호호호."

"뭐라고 하는 거야 이 아줌마가. 내가 왜 죽어?"

엘리아가 짜증스럽게 대꾸했다. 그러나 자신이 뽑혔다는 부분에 있어서는 기분이 좋았다. 조금이라도 더 강해져 혼과 싸우는 것이 그녀가 잡은 가까운 목표였다. 한계까지 자신의 능력을 끌어내 준다는데 나쁠 것은 없다.

"좋아. 각성이 끝나면 나랑 싸우는 거다. 혼!"

"어머머, 저게 미쳤나 봐요."

리첼리아가 등 뒤에서 튀어나오며 손으로 입을 막았다.

"음, 그리고. 또."

케서린은 먼저 호바스에게 다가갔다.

"네가 분쟁의 인도자냐?"

"어. 내가 분쟁의 인도자다."

"음, 평범하네."

케서린의 말에 호바스의 눈썹 꼬리가 올라갔다.

지금까지 살면서 평범하다는 말은 한 번도 들어본 적이 없던 그였다. 어렸을 때부터 천재로 이름나 공부면 공부, 운동이면 운동, 누구에게도 져본 적이 없었다. 뛰어난 학습능력은 호바스를 만능으로 만들어주었고, 모든 범인을 짓밟을 수 있는 힘이 되어주었다.

물론 혼에게 패배했지만 혼은 전투에서는 자신을 뛰어넘는 천재였을 뿐이다.

"평범?"

호바스가 되물었지만 케서린은 무시하고 혼에게로 시선을 옮겼다.

"너는……."

케서린은 손으로 턱을 받히고 고민에 빠졌다.

혼은 담담하게 서서 가만히 케서린을 쳐다보고 있을 뿐이었다. 긴장감도 없는 혼의 모습에 케서린은 의미심장한 미소를 지었다.

속과 겉이 완전히 같은 사람이었다. 적어도 지금은 그러했다.

"아까 네가 한 말이 이해가 되는군. 한계가 없다는 말 말이야."

케서린의 표정은 오묘했다.

"빨리 말해주지 않겠나. 나는 어느 정도까지 가능한가?"

"어느 정도까지 가능할 거 같은데."

"무한이다. 한계가 정말로 없다면 말이야."

혼은 자신 있게 말했다.

그것을 들은 티아가 피식하고 웃었다.

어이가 없어서 터진 웃음이었다. 혼이 허세를 뿌려 비웃은 것이 아니었다.

혼은 허세를 부리지 않는다.

그렇기에 그의 말은 사실일 것이다. 그는 현실적이고, 논리적으로 생각해 자신이 무한히 강해질 수 있다고 믿고 있는 것이었다. 그리고 만약에 워커에게 한계가 없다면 혼은 정말로 무한히 강해질 생각이었다.

"그래? 정말로 내가 보고 있는 게 무한일까?"

케서린이 고개를 갸웃하며 혼을 올려보았다. 혼은 덤덤하게 고개를 끄덕였다.

"한계가 없다면 무한히 강해질 수 있는 거 아닌가?"

"그래, 맞아. 내가 보고 있는 건 무한이야."

케서린이 확답을 주었다.

그 말에 모두가 놀란 표정을 지었다. 그 안에는 릴로이도 있었다.

무한이라니.

한계니 뭐니 하면서 이야기할 때만 하더라도 릴로이는 그냥 워커가 강해져 봤자 워커라고 생각했다. 실제로 케서린이 존재했던 시대의 인물들이 현재 시대의 워커들에 비해 강하다고도 할 수 없기 때문이다.

그들은 유카림에게도 졌고, 지금 잡혀있는 안텐이나

스네일에게도 당했던 자들이다.

풀 포텐셜이라는 능력이 얼마나 능력을 올려주는지는 몰라도 무한이라는 말에는 경각심이 들기 충분했다.

"그, 그럼 5성도 이길 수 있는 거 아니에요?"

천화가 말했다.

케서린은 그말을 들었는지 못 들었는지 고개를 가로저으며 말했다.

"그래서 넌 안 되겠다. 일단 이 꼬맹이랑 분쟁이는 각성시켜주는 거로 치고. 나머지는 다 한 번씩 봐볼까?"

"잠깐만. 안된다니요? 왜죠?"

천화가 불쑥 튀어나오며 말했다.

성장 가능성이 무한이라면 이중에 혼보다 더 크게 성장할 사람은 없다고 볼 수 있는 것 아닌가.

그런 혼을 각성 후보에서 빼버린다는 것이 이해가 되지 않았다.

"왜냐고?"

케서린이 팔짱을 끼며 말을 이어갔다.

"그걸 설명하려면 내 능력의 메커니즘을 너희가 알아야 하는데. 사실 각성해라! 하면 각성하는 게 아니잖아. 그렇지? 그런 편리한 게 어딨어? 내가 풀 포텐셜을 사용하면 사용대상은 풀 포텐션이 터질 때까지 코마 상태에 빠져.

물론 사람마다 풀 포텐셜을 터트리는 시간차는 있지만 평범하게 생각하면 잠재능력이 크면 클수록 오랫동안 코마 상태에 빠지겠지? 그렇지? 근데 무한이면 어떻게 되겠어?"

"못 깨어나겠지. 무한이니까."

케서린은 대답한 혼에게 손가락을 튕겨주었다.

"바로 그거지. 그래서 넌 안 돼. 언더스텐?"

"이해했다. 하지만 내가 한다."

"아니, 너 무한이라니까. 그런데 어떻게……."

고개를 절래 흔들며 혼의 어깨 위로 손을 올리던 케서린의 표정이 바뀌었다.

살짝 당황한 표정.

케서린이 말없이 자신을 쳐다보고 있자 혼이 말했다.

"지금은 어떤가."

"이 새끼."

케서린은 자신의 눈을 믿을 수가 없었다. 무한(∞)이라고 표시되어 있던 혼의 잠재 능력이 수치로 나타났다. 물론 그 수치도 무한대와 비슷한 수준이었지만 점점 내려오고 있었다. 그리고 어느 정도의 숫자에서 멈춘 수치.

혼의 잠재능력은 자신이 필요로 하는 수치였다.

엘리아는 막연하게 강해지고 싶었다. 그 막연한 강함은

그 누구도 자신이 짓밟을 수 있는 어느 수준을 말한다.

호바스가 원하는 강함 역시나 남들과 비교했을 때 우위에 설 수 있을 만큼의 강함이었다.

그러나 혼은 다르다.

혼은 자신을 다른 누구와 비교한 적이 없었다.

그는 단순히 자신의 목표를 달성하기 위한 확실한 능력을 원했을 뿐이다.

현재는 5성급 오버로드가 어떤 능력을 갖추고 있는지, 또 얼마나 강한지 알 수가 없었다. 그렇기 때문에 무한히 강해지는 것을 목표로 삼았다.

그렇기에 혼의 잠재능력이 무한이었던 것이다.

그러나 무한은 깨어날 수 없다면 혼은 구체적인 기준을 제시할 뿐이었다. 그렇게 되면 그것이 혼에게 있어서는 잠재능력이 된다.

잠재능력이 변하는 경우는 지금까지 단 한 번도 없었다. 그렇기 때문에 케서린이 당황한 것이었다.

"이 정도면 깨어날 수 있겠지."

"아직도 많다. 애송아."

"사람마다 포텐셜이 올라가는 시간차가 있다고 하지 않았나?"

"시간차? 하하하하하하하!"

케서린은 오랜만에 육성으로 웃었다.

시간차는 존재한다. 숫자로 표시된 수치. 1을 올리는 데 1초가 필요한 사람도 있고, 0.1초가 필요한 사람도 있었다. 혼은 남들보다 100배가 빨라도 오래 걸릴 정도로 잠재능력이 높았다.

"어떻게, 난 애가 언제 깨어날지 장담할 수 없는데. 해줘?"

"혼씨. 잘못되면……."

천화가 걱정스럽게 혼의 소매를 잡았다.

"그럴 리 없다."

혼은 항상 확실한 것을 원했다.

잠재능력이 무한이 아닌 이상 언젠가는 깨어난다. 그것이 언제일지는 모른다. 혼이 깨어나기 전에 모두가 전멸해 죽어버리는 수도 있었다.

하지만 만약 다른 3명이 각성을 했는데 5성급 오버로드를 이길 수 없다면?

그러면 모든 희망이 사라지는 것이다. 적어도 혼이 코마 상태에 빠진 그 상황에도 희망은 존재한다.

혼이 깨어나면 모든 것을 해결해 줄 것이라는 희망.

하이 리스크 하이 리턴이냐.

로우 리스크 로우 리턴이냐.

현 상황에서는 전자를 택하는 것이 옳다고 혼은 판단했다.

"할 수 있을 겁니다."

그때 릴로이가 말했다. 모두의 시선이 자신에게로 쏠리자 릴로이는 잠시 주눅이 들더니 다시 말을 이어갔다.

"우, 우리가 혼 대장이 깨어날 때까지 버티면 되는 거 아니겠습니까?"

"뭐, 그건 맞지. 그리고 나도 혼이 깨어날 것이라고 생각한다."

티아가 고개를 끄덕였다. 만약 상황이 극단적으로 나빠진다면 의지할 수 있는 사람은 혼밖에 없다고 티아는 생각했다. 가장 꼴 보기 싫지만, 그가 가장 믿을 수 있는 남자라는 것은 인정해야 했다.

적어도 같은 편일 때는 든든한 녀석이었다.

티아의 동의를 얻어낸 릴로이는 속으로 쾌재를 불렀다.

혼이 각성하는 것은 솔직히 말해 걱정이 되긴 되었다. 4성급 오버로드이기에 상대의 강함 정도는 파악할 수 있었다. 현재의 혼은 3성급 오버로드는 쉽게, 4성급과는 호각으로 싸울 수 있는 능력을 지니고 있었다.

그런 그가 각성까지 한다면? 어느 정도 강해질지는 상상할 수 없었다.

그러나 코마 상태에서는 아무것도 할 수 없다. 혼이 각성하는 사이 목을 날려버리면 날고 기는 죽음의 인도자라 하더라도 바로 저세상 행이다.

그렇게만 된다면 스네일이 지원군을 끌고 왔을 때 여기 있는 인도자고, 워커고 전부 쓸어버릴 수 있다.

릴로이 입장에서도 좋은 일이었다.

"그러면 모두들 동의하는 것인가?"

호바스의 힘을 아는 네오니드와 티아가 이미 동의한 포사토이오는 말이 없었다. 나머지 워커들도 딱히 다른 반론을 제시하지는 않았다. 케서린은 한숨을 내쉬며 따라오라는 손짓을 한 뒤 걸어갔다.

"블레이드워든. 싸우지 말고 잘 지내도록 해봐."

"선생님이 말씀하신다면 그러겠지만. 흠."

블레이드워든은 탐탁지 못한 표정으로 다른 이들을 노려봤다. 워커들도 이 불편한 동거가 딱히 마음에는 들지 않는 모양이었다.

그때 티아가 앞으로 나섰다.

"미안하게 됐다. 우리가 급하다 보니 본의 아니게 실수를 했다. 너그럽게 용서해다오."

티아는 악수를 청하며 말했다.

철의 장교 능력.

그녀의 말에는 진정성과 힘이 있었다.

여전히 블레이드워든은 말뿐인 사과만으로는 안 되는 일이라고 생각했지만 여기서 받아들이지 않으면 정말 싸우자는 것이었다. 그리고 이미 워커들의 힘을 맛본 그로서는 그건 피하고 싶은 일이었다.

"선생님이 그렇게 말씀하시니 사과는 받아주지. 하지만 조용히 있어 줬으면 좋겠군."

"약속하지."

티아는 빙긋 웃고는 블레이드워든과 악수했다.

❖

케서린의 뒤를 따라간 혼은 동산 위의 가장 집으로 들어갔다. 혼의 옆에는 엘리아, 호바스, 천화 그리고 하양이가 있었다.

텁텁한 가죽 냄새가 났다. 케서린의 작업대로 보이는 곳은 쇠와 가죽으로 어지럽혀져 있었다.

"자 그럼 앞으로 어떻게 풀 포텐셜을 터트려줄지 설명해주지."

"그냥 하면 안 돼?"

"그러니까 말이야. 평범한 놈은 그냥 해주시죠?"

호바스와 엘리아가 뚱하게 앉아서 대답했다.

"설명 부탁하지."

혼은 그런 두 사람의 말을 묵살했다. 케서린은 피식 웃고는 말을 이어갔다.

"자, 풀 포텐셜에 들어가면 강해지기 위한 상황이 펼쳐질 거다. 어떤 놈은 우주도 갔다 오고, 어떤 놈은 중세시대도 가고 그런다더군. 참고로 블레이드워든은 고대로 갔다 왔다."

"말이니까 그렇겠지."

엘리아가 중얼거렸다.

"어쨌든 상황을 클리어해야만 나올 수 있는 거야. 그리고 보상은 확실하다. 너희가 원하는 힘을 주지. 원하는 힘이 크면 클수록 시련은 많고, 어렵다. 대충 이 정도만 알아두고. 그럼 시작할까?"

"잠시. 천화랑 대화 좀 해보지."

"그럼 나 먼저 해도 돼?"

엘리아의 질문에 혼은 고개를 끄덕이고는 천화에게 조용히 말했다.

"릴로이 감시해라."

"네?"

"녀석의 행동에 조금 석연찮은 부분이 있다. 감시하다가 확실하게 릴로이가 배신자이거나, 혹은 진짜 릴로이가 아닐 경우 제거해라."

릴로이의 행동은 수상하다면 수상하고 아니라면 아닌 묘한 선을 타고 있었다. 그러나 혼의 직감에는 그의 이상한 행동들이 새롭게 다가왔다. 미궁에서는 상식에 기댈 수가 없었다. 만약 릴로이가 이미 죽었고, 지금 있는 릴로이가 다른 누군가라면?

그리고 그가 완벽하게 릴로이로 위장하고 있다면 큰 문제가 된다.

지금까지는 혼이 두 눈을 뜨고 릴로이를 감시하고 있었기 때문에 별 문제될 것이 없었지만 코마상태에 들어가게 된다면 이야기는 달라진다.

혼이 감시할 수 없다면 가장 믿을 수 있는 인물에게 말을 해놓아야 했다.

천화는 고개를 끄덕였다.

"잘 감시하고 있을게요."

"그래, 하양이한테는 미리 말해놓았으니까 둘이 감시하도록 해. 아, 그리고 일단 일이 끝나면 내려가서 잘 끝났다 보고하고."

"지켜야 하지 않나요?"

"시키는 대로 해봐. 그럼 알게 될거야."

혼은 케서린의 앞에 가서 앉았다. 이미 엘리아와 호바스는 침대에 누워 하늘만 쳐다보고 있었다. 호바스는 평범이라는 말을 중얼거리고 있었고, 엘리아는 허공을 향해 주먹을 내지르며 낄낄거리고 있었다.

"준비는 끝났다. 와서 누워."

혼이 눕자 천화가 옆으로 왔다.

"그럼 시작하도록 하지."

케서린은 먼저 엘리아의 이마에 손을 가져다 대고 정신을 집중했다. 케서린의 손에서 푸른 빛이 뿜어져 나오더니 이내 엘리아가 눈을 감았다.

케서린은 땀을 닦으며 호바스에게로 이동했다. 이윽고 호바스도 순식간에 잠들었다.

마지막으로 케서린은 혼에게 다가왔다. 그녀는 여전히 별로 내켜하지 않았다. 앞의 두 명도 상당히 잠재능력이 높았지만 그렇다 하더라도 일반적인 워커의 2배, 내지는 3배 정도 되는 수준이었다.

혼은 달랐다.

아예 처음 보는 수치.

깨어날 수 있을지도 없을지도 모를 정도로 높은 것이었다.

"괜찮겠어?"

"부탁하지."

혼은 조용히 눈을 감았다. 케서린은 그의 이마에 손을 대고 집중했다. 그렇게 한참 동안 정신을 집중하던 케서린은 한숨을 내쉬며 천장을 바라봤다. 윌리엄은 침을 꼴깍 삼키며 물었다.

"이제 된 건가? 케서린."

"됐다. 이제 저들이 깨어나기를 기다릴 뿐이지. 나는 이만."

케서린은 고개를 절래 흔들며 몸을 돌렸다. 그녀의 등은 땀으로 축축하게 젖어있었다. 천화는 입을 앙다물고 가만히 혼을 쳐다보다가 케서린의 집을 떠났다.

❖

나인과 티아, 그리고 양이의 지휘로 워커들은 동산에서 조금 떨어진 공터에 베이스캠프를 만들었다. 릴로이는 일단 나인의 말에 따라 성실하게 텐트를 설치하는 등 착실하게 연기를 지속하고 있었다.

순식간에 베이스캠프는 완성되었고 모든 워커들은 각자 자리를 잡고 휴식을 취하는 중이었다.

그때 천화와 하양이, 그리고 윌리엄이 돌아왔다.

니나는 가장 먼저 천화를 발견하고는 일어나 반겼다.

"어떻게 됐어?"

"일단은 잘됐어요."

천화가 미소와 함께 말했다.

"잘 됐는지 아닌지는 나중에 알겠지."

티아가 뒤따라 오면서 말했다.

케서린의 능력인 풀 포텐셜에 대해 들어보니 깨어날 수 있는가 없는가가 관건이었다. 니나는 티아의 옆구리를 손가락으로 쿡 찔렀다.

"어떻게 됐습니까?"

한 발자국 늦게 나인이 다가왔다. 옆에는 릴로이가 서 있었다. 천화는 릴로이를 힐끗 보고는 빙긋 웃었다.

"네, 저기 케서린씨 집에 다들 있어요. 잘됐어요. 깨어나기를 기다려야죠."

"그렇군요. 다만 문제는 3성급 오버로드들이 어딘가로 모이고 있다는 겁니다. 아무래도 우리가 있는 곳으로 오기 위한 것이 아닐까 생각합니다."

"이미 우리가 이쪽으로 이동한 걸 알 테니까."

티아가 말했다.

오버로드들이 인도자가 어딨는지 알 수 있다는 것은 티아도 들어서 알고 있었다. 오버로드들이 바보가 아닌 이상 인도자들이 전부 레디포르로 이동한 것에는 이유가 있다는 것을 알고 있을 것이다.

게다가 구석 중의 구석. 도망칠 곳도 많지 않은 곳이다.

"각성에 시간이 걸린다는 것은 우리가 버려야 하는 형국이 될지도 모르겠네."

"준비해야겠네요."

나인이 말했다.

그렇게 각 세력의 대장들이 대화하는 동안 릴로이는 뒤로 슬쩍 빠졌다.

일은 빨리 시작하면 할수록 좋다.

사람이 가장 크게 방심하는 시기는 큰일 하나를 끝냈을 때다. 모든 사람들은 한가지 목표를 성취했을 때 풀어져 버리기 마련이다. 전투에서 패배한 그 날 밤에 야습하는 것이 병법에 적혀있기도 했다.

즉 지금이 적기다.

세 사람이 코마 상태에 들어간 지금 다른 워커들은 곧 있을 오버로드의 침공에 대비하고 있었다.

그렇게 모든 이들의 정신이 다른 곳에 팔린 지금 릴로이는 동산 위로 몰래, 마치 산책하듯 올라갔다.

평범하게, 마치 심부름이라도 가듯이. 중간에 문제를 일으켰다가는 동산 아래의 워커들과 싸워야 할 수도 있었다.

쉽게 일을 처리할 수도 있는 일을 어렵게 만드는 건 질색이다. 릴로이는 그렇게 평화로운 켄타우로스 마을을 옆으로 지나가고 있었다.

최대한 골목길로.

켄타우로스가 사는 지역이 아닌 골목, 골목으로 이동하던 릴로이의 앞을 하얀 짐승이 가로막았다.

"어딜 가시나요?"

뒤에서 청량한 여자 목소리가 들렸다.

화합의 인도자.

유천화가 릴로이의 뒤를 잡고 있었다. 유천화의 손에는 벌써 용의 무구가 들려있었다.

"어? 천화님 아닙니까?"

릴로이는 최대한 표정을 풀며 말했다.

이미 용의 무구를 들고 있다. 그 부분에서 릴로이는 이미 자신이 의심받고 있다는 사실을 알아차렸다. 우연히 만난 것은 아니다. 천화가 자신을 감시하고 있었다는 소리다.

그러나 아직 돌아갈 수 없는 강을 건넌 것은 아니다.

"어딜 가시는 거죠? 들어보니까 미궁인들과의 접촉을 피하기 위해 동산 아래에서 대기하기로 했다던데."

릴로이는 입을 꾹 다물었다.

동산 위를 릴로이가 올라올 이유는 없다. 지금 혼이나 엘리아를 보러 간다는 것도 이상한 일이다. 코마 상태에 빠진 자들을 보러 갈 이유는 전혀 없었다. 만약 있다면 그들을 헤꼬지 하기 위해서일 뿐.

"윌리엄님을 보러 가려고……."

"할 말 있으면 저한테 해주시죠. 근처로는 아무도 가까이 오게 하지 말라는 혼씨의 부탁이 있어서."

"그렇습니까? 아 그럼 이 말을 전해주십시오. 제가 전하려던 말은……."

릴로이는 이를 갈았다.

화합의 인도자.

전투능력으로 보자면 3위다. 전신의 각성 때문이다. 그러나 전신의 각성은 사인을 해야 한다는 약점이 있다.

즉 기습에 약하다.

그렇다고 미리 사인해놓기에는 지속시간이 짧다.

그럼 결론은 한 가지다.

"인도자 하나는 처리했다."

릴로이는 순식간에 천화에게로 달려들었다. 4성급 오버로드의 돌진능력은 상상을 초월했다. 그의 발에 차인 흙이 골목길을 형성한 벽에 부딪힌 뒤 공중으로 치솟았다.

릴로이의 검게 물들며 날카롭게 변했다. 릴로이는 단번에 천화의 목을 비틀어 버릴 생각이었다.

그러나 그의 손은 용의 무구에 막혔다.

인상을 쓰고 있는 천화의 얼굴이 릴로이의 눈앞에 들어왔다.

"유언은 그게 답니까?"

천화의 용의 무구가 붉은색으로 빛나기 시작했다. 천화는 힘껏 릴로이를 밀어냈다. 그러자 뒤에서 하양이가 달려들었다. 릴로이는 양손으로 하양이의 입을 막고 엎어쳤다.

'막았어?'

화합의 인도자가 자신의 기습을 막았다.

그것도 힘들 게 막은 것이 아니다. 천화는 여유 있게 날아오는 하양이를 피하고는 다시 릴로이를 노려보고 있었다. 하양이도 공중에서 빙글 돌아 네 발로 착지했다.

'고작 화합이 그걸 막아?'

화합의 인도자는 약하다.

가끔 대단한 화합의 인도자가 나오긴 했지만 동시대의 분쟁의 인도자나 죽음의 인도자보단 약하다. 그게 정설이다. 릴로이는 상대의 모습을 흡수하는 특수능력을 가지고 있는 오버로드였다.

전투형 특수능력 아니었지만 그의 신체능력은 워커들을 아득히 뛰어넘어야 정상이다.

"어이가 없네."

릴로이는 고개를 절레 흔들었다.

운이다? 뭐 운일 수도 있고, 아닐 수도 있다. 그러나 직선공격을 한 번 막았을 뿐이다. 과연 끊임없는 연타까지 천화가 방어해낼 수 있을까. 릴로이는 다시 자세를 잡고 돌진했다.

그 순간, 천화가 옆으로 슬쩍 피했다. 그러나 오른팔을 빼는 것이 늦었다. 릴로이는 가차 없이 천화의 팔을 잘랐다. 그러나 천화는 릴로이의 상의를 베었다.

"하하하! 역시 운이었군."

릴로이는 기세등등하게 말했다.

울상을 짓고 있는 천화의 얼굴을 보기 위해 고개를 돌린 릴로이는 냉정한 얼굴로 머리를 긁적이고 있는 천화를 발견할 수 있었다.

그것도 방금 릴로이가 베어버린 오른팔로 말이다.

"위쪽에는 혈석이 없군요."

"뭐?"

릴로이가 당황한 얼굴로 되물었다.

천화는 팔을 일부러 잃은 것이었다. 초재생을 믿고 팔을 릴로이에게 준 것이다. 대신 릴로이의 약점인 혈석을 찾아본 것이다. 상의를 찢어버림으로써 이제 혈석은 하체 어딘가에 있다는 것이 확실시되었다.

반대로 당한 것이다.

팔은 천화가 준 것이었다.

상대의 노림수에 당해놓고 좋아하는 꼴이라니. 농락을 당한 릴로이의 눈동자가 심하게 흔들렸다.

"고작 날파리 잡는데 소란을 일으키기는 싫었는데 말이야."

릴로이는 떨리는 손을 들어 올렸다.

"빨리 죽이고 녀석들도 처리하면 되겠지."

릴로이의 손이 땅을 강타했다. 검은 촉수가 땅을 뚫고 올라왔다. 촉수는 사방으로 뻗어나가 골목길 벽을 무너트리고 켄타우로스들이 사는 집을 파괴하기 시작했다. '

천화의 표정이 굳어졌다.

"타르티스. 전신의 계약서."

타르티스가 천화의 몸에서 빠져나와 바로 계약서를 만들었다. 천화는 손가락을 휘저으며 계약서에 사인한 뒤에 릴로이에게 말했다.

"빨리 끝냈어야 하는데."

"뭐?"

"이렇게 될 줄 알았으면 빨리 끝냈어야 했다고."

한 손에 들린 용의 무구가 점점 검은색으로 변하기 시작했다. 벽이 부서지는 소리에 비명소리가 섞여 들려올 즈음 천화의 몸이 용수철처럼 튕겨져나갔다.

릴로이는 순식간에 자신의 코앞으로 다가온 용의 무구를 바라봤다.

'어?'

생각이 말로 튀어나오기도 전에 천화의 검이 릴로이의 머리를 날렸다.

죽지는 않는다. 혈식이 파괴되지는 않았기 때문이다.

그러나 순간적으로 시각과 청각, 후각이 마비된다. 천화의 팔에 힘줄과 핏줄이 터져나올 듯이 튀어나왔다.

천화는 있는 힘을 다해 검을 휘둘렀다. 검에서는 공기를 가르는 소리가 마치 진동음처럼 퍼져나왔다.

이윽고 릴로이의 하체가 수백 조각으로 갈려졌다.

릴로이의 머리를 재생되었지만 그의 다리는 이미 사라지고 난 뒤였다.

그것도 산산조각이 나서.

0.1초의 시간이 10초처럼 느껴졌다. 무참히 잘린 릴로이의 다리조각 사이에 아직 깨지지 않은 혈석이 남아있었다. 천화는 그것을 놓치지 않고 바로 혈석을 깨부셨다.

챙! 하는 소리와 함께 천화의 움직임이 멈췄다.

"후."

천화는 참았던 숨을 내뱉었다.

목과 이마에 솟아나와 있던 핏줄이 안으로 살며시 들어가고 있었다. 릴로이의 몸은 그대로 땅에 떨어졌다.

"고작 화합한테……."

천화는 한 손으로 목을 짚었다. 한번에 너무 속도를 냈더니 목과, 어깨, 그리고 팔이 뻐근했다.

릴로이가 가루가 되어 사라지는 것을 흘깃 본 천화가 미소를 지었다.

"맞아! 유언이 뭐였죠? 까먹었다."

NEO MODERN FANTASY STORY & ADVANTURE

메이즈
헌터

3

Maze Hunter

3

"뭔 난리야?"

동산에서 난리가 난 것은 밑에서도 훤히 잘 보였다. 티
아가 가장 먼저 현장으로 달려갔고, 양이와 나인은 워커
들을 데리고 향했다. 현장에 도착한 티아는 다 무너진 집
들과 벽을 발견할 수 있었다.

그리고 손은 무너진 집을 파헤치면서도 연신 고개를 숙
이며 사과하는 천화도.

"죄송합니다. 죄송합니다."

안에는 함몰된 켄타우로스들이 꽤 있었다. 켄타우로스들
은 화가 난 듯 보였지만 천화에게 뭐라고 하기보다는 밑에

깔린 어린아이들을 구출하는 데 힘쓰고 있었다. 티아는 바로 군사들을 불러내더니 일손을 더했다.

구출이 완료되자 분노의 화살은 모두 천화에게로 향했다. 엄청난 전투의 흔적을 본 뒤라 누군가 나서서 말하지는 않았지만 전부 천화를 원망하고 있는 듯싶었다. 남을 의식하는 천화로서는 그마저도 괴로운 듯보였다.

티아는 인상을 썼다.

"무슨 일이야?"

"그, 그게. 릴로이씨가 오버로드였어요. 스파이 같은……."

"스파이?"

티아는 아랫입술을 깨물었다. 사실 그가 오버로드일 것이라고는 예상도 못 했다. 티아 입장에서는 살아있는 인간 릴로이를 본 적이 없기 때문에 당연한 일이었지만 조금도 눈치채지 못했다는 것은 자존심 상하는 일이었다.

"그래서 어떻게 됐어."

"운이 좋게도. 처리했어요."

티아는 고개를 끄덕이며 안도의 한숨을 내쉬었다. 동산 위에서 싸운 거로 봐서 오버로드는 혼을 노리고 간 것이었다. 윌리엄과 케서린이 있다고 하더라도 오버로드를 막아 내기는 힘들었을 것이다.

'그런데 혼자 이겼어?'

물론 옆에는 백령이 있었지만 백령의 전투력은 4성 오버로드에 비할 것이 아니었다.

결국 천화가 이긴 것이다.

고작 몇 개월 만에 천화는 4성급 오버로드를 이길 수 있을 정도의 실력을 갖춘 것이다.

그것도 별로 힘들이지 않고.

현재 천화는 그렇게 지쳐있지 않았다. 물론 전투의 흔적은 남아있었다. 오른쪽 소매가 완전히 날아간 것으로 보아 일격을 당하기도 했던 모양이었다.

하지만 그것도 초재생을 가지고 있는 천화에게는 별일이 아니었을 것이다.

"그쪽이 그랬나?"

그때 묵직한 목소리가 들렸다.

블레이드워든이 천화를 내려다보고 있었다. 천화는 꾸벅 고개를 숙이며 말했다.

"죄송합니다. 오버로드와의 전투 중에 이런 피해가 생겼습니다."

빠른 사과였지만 블레이드워든의 표정은 굳어져 있었다. 블레이드워든이 나타나자 주변에 있던 다른 이들도 한마디씩 하기 시작했다.

"아무리 그래도 남의 마을에 와서 뭐하는 짓이야?"

"그래, 그래. 이게 뭐냐고! 누가 죽었으면 어떻게 책임 질 거야?"

천화는 움찔거리며 어쩔 줄 몰라하고 있었다. 티아는 천화의 머릿속을 훤히 들여다 볼 수 있었다. 모든 것이 자기 잘못이라고 생각하고 있는 것이 틀림없다. 어쨌든 켄타우로스의 마을은 외부인인 천화와, 그녀가 끌고 들어온 오버로드에 의해서 파괴된 것이니까.

그러나 그건 너무 근시적인 생각이다.

티아는 힘을 주어 말했다.

"모두 조용!"

티아가 외치자 중얼거리던 켄타우로스들이 전부 입을 다물었다. 심지어 울고 있던 어린아이까지.

철의 장교.

티아의 1단계 능력이었다.

유일하게 블레이드워든만이 험악한 얼굴로 티아를 볼 뿐이었다.

"곧 있으면 오버로드들이 쳐들어온다. 방금 우리의 천화가 싸운 적은 그 전초전일 뿐이다. 긴말 않겠다. 안전을 원한다면 떠나라."

켄타우로스들은 침을 꼴깍 삼켰다.

궤변이라고도 할 수 있었다.

이곳은 전쟁터가 될테니 떠나라는 말이었다. 하지만 이 레디포르를 전쟁터로 만드는 것은 워커들이었다.

하나 그 누구도 반론을 제시하지 못했다. 이미 기에 눌린 그들은 티아의 말에 눌려 정말로 떠나야 하는 것인가 고민하고 있을 뿐이었다.

그때 블레이드워든이 말했다.

"우리가 왜 떠나야 하지?"

"호오, 내 말을 안 듣는 나쁜 어린이도 있었군."

티아가 미소를 지으며 말했다.

"전쟁터가 되는 이유는 워커가 있기 때문이다! 너희가 떠나면 될 일."

블레이드워든은 일부러 큰 소리를 내어 외쳤다. 덕분에 다른 이들도 티아의 말에서 조금은 벗어날 수 있었다.

티아는 다시 강하게 외쳤다.

"우린 떠나지 않는다. 그리고 너희는 우리를 몰아낼 수도 없다. 그렇지?"

티아는 천화를 힐끗 쳐다봤다.

블레이드워든도 마찬가지였다.

천화의 강함은 방금 전 전투로 간접적으로나마 알 수 있었다. 워커들이 나가지 않겠다고 하면 나가지 않는 것이다. 케서린이 있기에 문제를 일으키지 않는 것일 뿐. 블레이드워든은 조용히 몸을 돌렸다.

"정리하자."

"족장님……."

다른 켄타우로스들이 외쳤다. 블레이드워든은 그들의 말을 무시한 채 슬쩍 천화와 티아를 돌아보며 말했다.

"우린 떠나지 않는다."

티아는 어깨를 으쓱하며 말했다.

"그러던가."

"티아! 무슨 일이야?"

니나와 나인이 뒤늦게 도착했다. 티아는 몸을 돌려 니나의 이마를 툭치며 웃었다.

"늦었어. 자식들아! 돌아가자."

티아의 말에 뒤따라오던 워커들이 한숨을 쉬며 중얼거렸다. 티아는 그런 워커들 하나, 하나 전부 상대해주며 앞서 걸어 내려갔다. 천화는 마지막으로 블레이드워든에게 꾸벅 인사를 하고 티아의 뒤를 따라갔다.

❖

"인도자님! 인도자님!"

리첼리아의 목소리에 혼은 눈을 떴다. 리첼리아의 은빛 머리카락이 볼을 간질였다. 혼은 리첼리아의 얼굴을 손바닥으로 밀어냈다.

"아우우!"

"여기가 어디지?

허우적거리며 밀려나는 리첼리아에게 혼이 물었다. 리첼리아는 주변을 둘러보았다.

"글쎄요? 어디 산속? 아니면 숲 속?"

나무로 둘러싸인 곳이었다. 혼도 확실하지 않아 리첼리아에게 물었지만, 뭔가 짚이는 부분은 있었다. 뇌리에 강하게 박힌 풍경. 그리고 익숙한 냄새. 혼은 몸을 일으키더니 뭐에 홀린 사람처럼 커다란 나무로 걸어갔다.

"뭐하시는 거에요?"

"역시."

혼은 고개를 끄덕였다.

"각성하는 곳이라더니. 지구로 돌아왔군."

진짜로 지구로 돌아온 것은 아닐 것이다. 코마 상태에 빠진다는 정보를 알고 있기에 이곳이 정신세계라는 것을 알 수 있었다.

"그걸 어떻게 알아요?"

리첼리아가 살랑거리며 날아왔다. 혼이 바라보고 있는

나무에는 칼집이 나 있었다. 양옆으로 수십, 수백 개의 칼자국이 남아있는 나무. 그것은 예전 킬러 수업을 받을 때 했던 수련 중 하나였다.

"멈춰있는 타겟을 노리는 수련이었다. 뭐, 쓸데는 없던 거 같지만. 어렸을 때 했던 거거든. 칼집이 낮잖아."

가슴 쪽에 손을 흔들며 말했다.

"그런데 왜 여기로 온 거지?"

킬러 수업은 끝났다. 혼은 완벽하게 훈련을 인수하고 정식 킬러가 되어 활동했다. 이곳에서 배울 것은 더이상 남아있지 않았다.

"가장 익숙한 장소니까."

혼은 뒤에서 들린 목소리에 인상을 찌푸렸다. 처음 들어본, 그러나 너무나도 친숙한 목소리였다.

혼은 처음으로 등골이 오싹해지는 것을 느꼈다.

"반갑군."

혼은 고개를 돌렸다.

그곳에는 자신이 서 있다.

눈주름이 조금 지어있고, 머리도 더 길어있지만 분명히 자신이다. 게다가 그 손에는 은색의 검이 들려있었다.

일루미나.

리첼리아까지 함께 있는 혼이었다.

"그런 것인가."

혼은 작게 중얼거렸다.

미래의 혼은 고개를 끄덕였다.

풀 포텐셜이 주는 시련은 대상이 강해지기 위한 가장 빠른 환경이라고도 할 수 있었다. 엘리아는 전쟁터에서 강자들을 죽이며 성장하고, 호바스는 또 다른 강자들과 승부하며 강해지고 있었다.

혼은 달랐다.

혼은 가장 빠르게 강해지는 법을 잘 알고 있었다.

그것은 이미 자신이 원하는 경지에 도달한 자를 따라가는 것.

좋은 스승을 만나는 것이다.

강해지는 방법은 여러 개가 있겠지만 어느 정도 경지에 도달하면 다 비슷한 소리를 한다. 그것은 어느 분야를 가든 마찬가지다. 다만 깨달음을 얻는 데에 시간이 너무 오래 걸릴 뿐이다.

누군가가 앞에서 끌어준다면 깨달음을 얻는 것은 그렇게 어려운 일이 아니다.

게다가 그것이 미래의 자신이라면.

완벽하다고 할 수 있지 않을까.

"빨리 시작할까. 급할 거 같은데."

미래의 혼은 고개를 까닥이며 말했다. 일단 혼은 미래의 자신을 따라가기 시작했다. 조금 걸어가자 산이 마치 반으로 갈린 듯한 절벽이 튀어나왔다. 원래 혼이 훈련을 했던 산에는 이런 지형이 없었기 때문에 혼은 뭔가가 급변하고 있다는 것을 직감했다.

미래의 혼은 절벽 아래를 가리켰다.

"보이나?"

절벽 밑으로는 황무지가 펼쳐져 있었다. 그곳에는 배가 나온 갈색 피부의 거인이 앉아있었다.

마치 부처와 같은, 그러나 그보다 훨씬 뚱뚱하고 또 악랄해 보이는 얼굴. 땅을 주먹으로 뜯어먹고 있는 그 모습은 마치 탐욕스러운 돼지와 같아 보였다.

"저 괴물부처는 뭐지?"

"일단 이름을 말하자면 부동명왕이다. 너의 상상 속에 있는 최강자 중 한 명이지."

미래의 혼은 고개를 까닥이며 말했다.

"가서 싸워."

"뭐?"

"그 최강자들 중 가장 약한 놈이다. 저것과 싸우면서 훈련을 이어간다. 일단 부딪혀 봐. 걱정은 하지 마라. 죽는 일은 없다."

미래의 혼은 대수롭지 않다는 듯이 말했다.

그래, 죽지 않는다면 대수로울 것이 없다. 일단 부딪히고 나서 생각해도 늦지 않는다.

미래의 혼이 무슨 말을 하는 것인지 혼은 아주 잘 이해했다. 무엇보다 이미 자신만의 사상이 갖추어진 혼이었다. 아무리 먼 미래라고 할지라도 생각하는 것은 비슷할 것이다.

얼마나 시간이 흘렀더라도 본인이니까.

"가자, 리첼리아."

"네!"

리첼리아는 날개가 되어 혼의 어깨뼈에 붙었다.

절벽 아래로 착지한 혼은 부동명왕을 올려보았다. 앉아 있었음에도 20m는 족히 될 것만 같은 높이. 거기다가 오버로드처럼 약점이 있는 것도 아니다. 원래라면 이런 적을 만나면 혼은 적의 약점을 파악할 때까지 작전상 후퇴를 했을 것이다.

하지만 계속 도전할 수 있다면 일단 싸워보는 것이 가장 상대의 약점을 찾아내기 쉬운 방법이다.

"창으로."

리첼리아는 혼이 원하는 이상적인 창의 모양으로 바뀌었다. 마치 머리를 묶은 듯 한쪽이 삐죽 튀어나온 창.

크기가 이렇게까지 많이 차이 날 경우 베는 공격은 의미가 없다. 결국 찌르기에 특화된 공격이 필요하다.

"후우."

혼은 숨을 짧게 내신 뒤 신속을 사용하며 뛰어올랐다.

'일단 눈!'

인간을 초월한 신체조건을 가진 적을 상대할 때 바뀌지 않는 급소가 있다. 그것은 바로 동공. 물론 동공도 강철로 되어 있는 생명체가 있을 수도 있지만 취약할 확률이 가장 높은 부위는 그것 말고는 따로 없었다.

마하의 속도로 날아가는 혼. 부동명왕의 크기로는 절대로 대처할 수 없을 만한 속도였다.

그러나 혼이 부동명왕의 동공에 닿기 전, 부동명왕이 고개를 돌렸다.

"아아아~!"

부동명왕이 크게 외치자 마치 세상이 비틀리는 것만 같은 느낌이 들었다.

부동명왕이 만들어낸 음파는 혼을 그대로 강타했다. 부동명왕은 속도가 느려진 혼을 향해 양손을 들었다.

그리고 마치 파리를 잡듯이 박수를 쳤다.

쫙!

마치 벌레가 터지는 소리와 함께 혼의 기억이 끊겼다.

"빠르지?"

혼은 자신의 목소리에 눈을 떴다.

눈앞에는 쭈그려 앉아 쓰러진 자신을 쳐다보는 미래의 혼이 있었다. 혼은 정신을 차리고 일어났다. 옆에는 리쳴리아가 끙끙거리며 누워있었다. 미래의 리쳴리아는 한심하게 과거의 자신을 쳐다봤다.

"아이고, 주인보다 늦게 깨어나는 천사라니. 내가 예전에 저랬다니."

미래의 리쳴리아는 고개를 절래 흔들었다.

"하아."

혼은 한숨을 내쉬었다.

"진짜 죽지는 않는군."

"그래. 그런 세계니까. 각성 세계. 나도 어차피 너의 환상 속에 존재하는 인물이지."

미래의 혼은 일어나더니 부러진 통나무에 앉았다.

미래의 혼.

그는 실존하는 인물이 아니었다. 지금의 혼이 그가 된다는 확신도 없다. 수많은 미래의 갈림길에서 완벽하게 옳은 길을 선택해야만 될 수 있는 혼의 이상향인 것이다.

수많은 기연과 행운이 따라줘야만 될 수 있는 것.

　그것이 지금 눈앞에 있는 미래의 자신이었다.

　"참고로 말하자면 난 저 녀석 죽일 수 있다."

　미래의 혼이 덤덤하게 말했다.

　"그렇겠지. 가장 약한 놈이라고 했으니. 그래서 어떻게 하면 저 녀석을 죽일 수 있지?"

　"강해져야지. 일단 따라와 봐."

　미래의 혼은 간단하게 답을 내놓았다.

　미래의 혼이 간 곳은 한 동굴이었다. 이미 지형은 미궁으로 바뀐 상태였다. 미래의 혼은 안으로 들어가 엄지손가락만 한 검은 혈석을 꺼내왔다.

　"이게 수많은 운명 중에 네가 먹을 수도 있는 검은 혈석이다."

　"먹으면 강해지나?"

　"당연히. 다만 인간이 먹어서는 안 되는 것이기 때문에 부작용이 있을 수도 있다."

　"부작용?"

　"극심한 고통 후 죽음이지."

　검은 혈석.

　오버로드들이 가지고 있는 특수한 에너지원이다. 그것은 인간에게는 필요도 없으며, 사용할 수도 없다.

그러나 역시나 혈석인 만큼 붉은 혈석처럼 인간도 섭취할 수 있다.

다만 독일 뿐이다.

"보통은 오버로드의 체내에 있다가 깨지는 순간 사라지는 혈석이다. 그러나 가끔 이렇게 오버로드의 체내가 아닌 곳에서 드물게 발견되기는 한다고 한다. 이건 독이지만 받아들이게 된다면 엄청난 힘을 얻게 되지. 이걸 먹은 미래의 너 중 하나가 나다."

"나 중 하나?"

"그래."

"다른 것들도 있다는 건가?"

"말했지. 난 너의 가장 성공적인 미래다. 이걸 먹고 죽은 너도 있고, 강해졌지만 훗날 다른 강자에게 당한 너도 있다."

"그렇군."

슈뢰딩거의 고양이를 생각하면 빠르다. 검은 혈석을 먹고 살아남은 혼과, 살아남지 못한 혼. 양쪽이 존재할 수 있다는 것이다. 그러나 지금은 전혀 상관이 없다. 이걸 먹고 죽으면 어차피 다시 살아날 뿐이다.

혼은 더 이상 설명을 듣지 않고 검은 혈석을 입에 넣고 꿀꺽 삼켰다.

"그럼 행운을 빈다. 두 번 하는 일 없도록."

미래의 혼이 진심을 담아 말했다. 그는 이미 검은 혈석을 먹었을 때 겪는 고통을 알고 있었다.

혼은 가만히 눈을 감고 서 있었다.

속에서 뭔가가 불타오르는 느낌이 들었다. 마치 작은 가시가 돋은 공이 몸 안에서 통통 튀는 느낌이었다. 이윽고 온몸이 절로 비틀리는 고통이 시작되었다.

"크윽."

혼은 이를 악물고 버텼다.

고통을 참기 위해 더욱더 턱에 힘이 들어가기 시작했다. 이빨이 서로를 밀며 기괴하게 움직이고 있었지만 온몸으로 전해지는 고통에 그런 사실은 신경 쓸 겨를이 없었다.

이윽고 얼마 안 있어 혼의 의식이 날아갔다.

혼이 눈을 뜬 곳은 부동명왕에게 당하고 난 뒤 눈을 뜬 바로 그 자리였다. 미래의 혼은 통나무에 걸터앉아 혼이 눈을 뜨는 것을 기다리고 있었다.

"일어났나?"

"아, 성공인가?"

"아니, 실패다. 다시 먹어라."

미래의 혼은 검은 혈석을 툭 던졌다.

"지금 막 깨어난 사람한테 그러면 어떡해요. 인도자님."

리첼리아가 말했다. 그러나 미래의 혼은 가차 없었다.

"시간은 지나고 있다. 비록 이곳과 밖의 시간은 다르게 흘러가지만 별로 좋은 일은 아닐텐데?"

"동감이다."

혼은 그렇게 말하며 다시 검은 혈석을 입에 넣었다.

이런 일은 생각할 필요가 없다. 뒤로 미룬다고 피할 수 있는 일도 아니다. 무조건 해야 하는 일. 그렇다면 즐기지 못하더라도 빠르게 부딪혀서 파헤쳐나갈 필요가 있었다. 방금 일어나서 못하고, 무서워서 못하고, 그런 변명은 결국 패배자나 하는 것이라고 혼은 생각했다.

그렇게 다시 고통이 시작되었다.

❖

레디포르.

"3일이나 지났네. 뭐 좀 먹었나?"

티아가 케서린의 집 앞을 지키고 있는 천화에게 맥주 한 캔을 던졌다. 천화는 용의 무구를 껴안고 꾸벅꾸벅 졸다가 화들짝 놀라며 깼다.

"아, 네. 잘 먹고 있습니다."

"그래, 깨어난다는 소리는 없어?"

"케서린씨도 잘 모르신다네요. 무슨 일이 벌어지고 있는지는. 블레이드워든도 3일 정도는 걸렸다고 했어요."

블레이드워든의 각성은 지금 하고 있는 세 사람에 비해 훨씬 수월했다. 블레이드워든의 한계는 절대로 높다고는 할 수 없는 수치였기 때문이다.

"그건 너무한데?"

티아가 씁쓸하게 말했다.

현재 블레이드워든보다 한계치가 10배 정도 높다고 치면 수치상으로 한 달은 있어야 한다는 계산이 나온다.

그런데 고작 10배일까?

블레이드워든은 좋게 봐줘도 각성 전 엘리아 정도의 힘을 가지고 있다. 엘리아와 붙었을 때 살짝 밀리는 모습을 보였지만 싸움을 포기하지 않은 부분에서 해볼 만하다는 생각도 있었을 것이다.

만약 엘리아의 10배 정도였다면 케서린이 놀라지도 않았을 것이다.

물론 엘리아는 강하다. 워커들 중에서는 강한 축에 낄 것이다. 하지만 만약 티아와 싸운다면? 끊임없이 란슬롯과 싸우다가 자멸할 것이다. 티아에게는 절대 방어 군주기인 이차원이 있기 때문이다.

결국 강한 워커 그 이상도 이하도 아니다.

그 10배면? 물론 엄청나게 강할 것이다. 그러나 한 달이나 걸린다면 문제다.

"버틸 수 있을는지 모르겠네."

이미 레디포르의 밖에는 니나의 정찰용 동물들과 티아의 병력이 주둔하고 있었다. 스네일과 오버로드가 레디포르 밖 어딘가에 존재한다는 것은 나인에게 들어 알고 있었다. 그렇다면 전쟁은 얼마 남지 않았다는 말이다.

바로 들어오지 않는 이유는 예상할 수 있었다.

릴로이가 죽었기 때문이다.

오버로드 측에서 예상하는 시나리오와는 약간 다르게 흘러가고 있다는 것을 뜻했다. 티아는 조용히 논밭 끝에 있는 입구를 쳐다봤다.

"다행인 건 여기 입구는 두 개라 어디로 들어올지 확실하게 알 수 있다는 거지. 적어도 두 개 중 하나 아니겠어? 포위는 안 당하겠네."

"하하하, 다행인 건가요?"

천화가 머리를 긁적이며 말했다.

"다행이지. 나인도 정확한 위치는 모르는 모양이니까 말이야. 입구가 2개면 우리 병력도 두 군데로 나눠 막으면 될 뿐이니. 하지만 말이야⋯⋯."

티아는 말끝을 흐렸다. 부정적인 생각이 들었지만 그녀는 이내 고개를 절래 흔들었다.

"아니다. 막아봐야지."

❖

"이야, 진짜로 죽었네. 없어졌어. 완전히."

플라이가 공중을 날아올라 벽 너머를 보며 말했다. 인간은 나갈 수 없는 지역까지 올라가 동산을 내려다보던 그녀는 수직으로 하강해 스네일의 옆에 안착했다.

"평온~한데?"

"아직 기다려야 한다."

"뭘 더 기다려? 당장 들어가서 복수하자고. 저 안에 안텐이라는 년도 있는 거 아니야?"

스네일은 가만히 눈을 감고 있었다. 아직 완벽하게 준비가 끝난 것은 아니다. 하지만 플라이의 말대로 상대의 노림수가 뭔지도 모르는데 시간만 죽일 수는 없다.

"그러면 내일 들어간다."

"내일? 왜 오늘이 아니고?"

플라이가 고개를 절래 흔들었다.

"뭐, 그래라. 카이저님이 네 말 들으라고 했으니까 일단 들어주마. 하지만 내일이다. 더 늘리면 안 돼!"

"알았다. 내일이다. 내일."

스네일은 한숨을 내쉬었다. 하루 정도는 당겨도 될 것
이다. 그렇다 하더라도 최강의 지원군이 오는 것이 늦어
질 리는 없으니.

❖

다음 날.

새벽에 비가 쏟아지고 아침에는 안개가 자욱하게 꼈다.
눈을 감고 앉아있던 금발의 워커가 눈을 떴다. 그리고 그
와 동시에 창고를 불러내어 방패를 꺼내 들었다. 일직선
으로 날아든 인간형 오버로드의 발이 방패를 가격했다.

"이야, 반응 좋고."

플라이가 뒤이어 날아들어 오며 말했다.

오버로드의 발에 차인 워커는 멀리 날아갔지만 바로 벌
떡 일어나 외쳤다.

"적습이다!"

플라이는 흠칫 놀라며 귀를 틀어막았다. 남자의 1차 각
성은 목소리를 크게 내어 공격, 또는 정보를 전달하는 것
이었다.

"시끄러워!"

플라이가 힘껏 날아가 건곤권으로 경비를 서던 워커의 목을 날렸다.

가볍게 착지한 그녀의 옆으로 형형색색의 인간형 오버로드들이 뛰어들어가기 시작했다.

적습을 알리는 우렁찬 목소리가 레디포르를 강타한 시각.

티아는 일찍 일어나 케서린의 집 앞에 있었다. 그곳에서 보면 레디포르가 훤히 잘 보였다. 안개 때문에 시야가 흐렸지만 베이스캠프에서 워커들이 각자의 자리로 뛰어가는 것이 보였다. 티아는 그 광경을 보다가 말했다.

"상황은?"

티아의 옆에 있는 무전병이 소리를 질렀다.

"12시 지역에 적 다수. 9시 방향 이상 무."

티아는 고개를 끄덕였다. 적은 세력을 두 곳으로 나누는 대신 한 점을 뚫어버린 것이다.

"그럼 9시에 있는 병력에 전해. 12시로 전부 이동하라고."

"알겠습니다."

무전병이 말하는 동안 티아는 자리에서 일어났다.

그때, 집 안에서 천화가 뛰어나왔다. 그녀 역시 적습을 알리는 소리에 뛰어나온 것이었다. 천화는 밖으로 가려는 티아에게 말했다;.

"저도 가겠습니다."

"그럼 나야 좋지만. 여긴 어쩌려고?"

"애초에 뚫리지 않으면……."

"뚫리지 않으면 위험하지 않다고? 너 우리를 못 믿는 거니?"

티아가 정색하며 말했다.

천화는 당황했다. 사실 그런 마음이 없는 것도 아니었다. 오버로드를 과연 이들만으로 막을 수 있을까? 그런 의문이 들었다. 티아를 얕보는 것은 아니지만 죽음의 인도자도, 분쟁의 인도자도 없는 지금 화합의 인도자인 자신마저 빠지면 전력이 너무 약하지 않나.

"그, 그럼 이거라도. 타르티스, 전신의 계약서."

"한 번에 많이는 못 만들어요."

"최대한 많이."

타르티스는 4개 정도를 만들어 천화에게 건넸다. 천화는 그것을 바로 티아에게 건네며 말했다.

"사인하면 순간적으로 강해질 수 있어요. 위험할 때만 쓰세요."

"정말인가 보네. 이야, 여제 티아 칸. 많이 죽었네."

티아는 하늘을 보며 한숨을 푹 내쉬었다.

누군가가 자신을 걱정하는 것. 거의 처음 있는 일이었다. 티아는 누군가가 기대는 인물이었지만 누군가에게 기대는 인물이 아니었다. 천화는 그런 티아를 걱정하고, 또 불안해하고 있었다.

티아는 전신의 계약서를 창고에 넣었다.

"천화."

"네?"

"저거 죽으면 우리 길드 들어와라."

티아는 케서린의 집을 턱으로 가리켰다. 천화는 배시시 웃더니 고개를 절래 흔들었다.

"혼씨가 죽기 전에 아마 제가 먼저 죽을걸요?"

"뭐?"

천화는 미소와 함께 말했다.

"더는 누가 죽는 걸 보는 역할은 사양하고 싶네요."

티아는 아무 말 않고 천화를 가만히 쳐다봤다.

"티아! 티아!"

니나의 목소리가 뒤에서 울려 퍼졌다. 급하게 티아를 찾는 목소리. 티아는 쓸쓸한 대화의 뒷맛을 음미하며 몸을 돌렸다.

"아무튼, 잘 지켜라. 간다."

티아는 그렇게 말하며 동산 아래로 뛰어 내려갔다.

오버로드와 워커들은 전투는 순식간에 시작되었다.

워커들 사이에 이질적인 한 여자. 안텐은 가만히 앞을 노려보고 있었다. 3성급 오버로드는 이길 수 없는 상대라는 것을 아는 건지, 아니면 같은 편으로 인식하는 건지 안텐을 건드리지 않았다.

'망할 새끼.'

호바스가 각성에 들어가기 전. 그는 안텐에게 만일 오버로드가 쳐들어온다면 그중 가장 강한 적을 맡으라고 명령했다.

가장 강한 적이라면 정해져 있다.

스네일.

안텐의 가장 오래된 동료이며 그동안 참 많이도 싸웠던 악우.

정말 목숨을 걸고 싸우게 될 줄은 몰랐다.

아마 호바스는 예상했을 것이다. 스네일이 다시 레디포르로 온다는 것을. 그렇기 때문에 각성할 수도 없는 안텐을 데리고 온 것이다. 오버로드는 오버로드로 막는다. 호바스다운 발상이었다.

'오지 마라. 스네일.'

스네일과 싸우는 것도 싫었지만 호바스의 말대로 하는 것도 싫었다. 차라리 양성된 3성급 오버로드를 죽이는 것쯤은 그다지 자존심이 상하지 않을 것도 같았다. 그러나 안텐의 바람과는 달리 그녀의 앞에 스네일이 다가왔다.

"아, 진짜. 눈치가 없다니까."

안텐은 머리를 긁적였다.

스네일도 안텐을 발견하고는 몸을 완전히 돌렸다.

"안텐."

스네일은 당장 안텐에게 다가가려다가 멈춰섰다. 안텐은 분쟁의 인도자에게 지고 그의 명령을 듣는 몸이 되었다. 쉽게 말하면 적이다. 안텐은 인상을 쓰고 스네일을 노려봤다.

"야, 네가 제일 강해?"

스네일은 머뭇거렸다.

안텐의 질문을 제대로 이해하지 못한 것이다. 안텐은 차갑게 말했다.

"더 강한 애 있으면 그냥 가라. 너랑은 싸우기 싫다."

"그건 나도 같은 생각이다."

스네일이 동감이라는 듯이 고개를 끄덕였다.

실제로 스네일은 가장 강하지 않았다. 스네일은 이동형 오버로드로 전투를 위해 태어난 플라이에 비해서는 약하다.

안텐은 스네일이 최강자가 아니란 사실에 안도했다.

스네일에 반응하지 않는 자신의 몸이 그걸 증명했다.

적어도 한때의 전우를 벨 필요는 없을 테니까.

"뭐야? 왜 안 싸워? 저게 그 얼간이 오버로드 아니야? 워커한테 잡힌 그거 맞지?"

안텐의 몸이 반응하는 적이 나타났다.

플라이는 공중에 살짝 떠 윙윙거리며 나타났다. 안텐은 플라이가 이 원정군에게 가장 강한 적이라는 것을 알아냈다.

"그럼, 가보라고. 네 친구는 내가 요리해줄 테니까. 너는 방해되니까 저리 가. 훠이~."

플라이는 스네일에게 손짓했다.

플라이의 말대로 스네일이 이곳에 있을 이유는 없었다. 플라이에게 맡기고 한 시라도 빨리 인도자들을 제압해야 했다. 누구를 응원할 수도 없는 상황에서 스네일은 안텐을 힐끗 쳐다봤다.

"가봐. 나한테도 생각이 있으니까."

"그래."

스네일은 그렇게 마지막 말을 남기고 워커들 사이로 사라졌다.

플라이는 떠나는 스네일을 탐탁지 않게 쳐다봤다. 응원할 상대가 잘못되지 않았는가. 어디까지는 같은 편은 플라이였다. 안텐은 이미 자의로든 타의로든 오버로드를 배신한 배신자일 뿐이었다.

"얼마나 허접하면 인도자한테 충성하는 개가 되었을까요. 선배님?"

원래 오버로드에는 선후배가 없다. 플라이는 단순하게 안텐을 놀리고 싶었을 뿐이었다. 안텐은 등에서 자연의 창을 뽑아냈다. 말을 섞어봤자 좋을 것이 없다. 실제로 인도자의 개가 된 건 사실이니까.

"왜 그렇게 말이 많아?"

안텐이 창을 어깨에 올렸다.

"그래서 싸우자는 거야? 뭐야? 내 혈석 여기 있다. 들어 와."

안텐은 자신의 가슴을 가리켰다. 가슴 한가운데. 그곳이 안텐의 급소였다.

오버로드의 1 수칙. 그것은 절대로 적에게 혈석 위치를 알려주지 말라는 것이었다. 보이는 곳에 있는 것도 숨기려고 하는 것이 보통의 오버로드인데 안텐은 그 위치를 정확하게 알려주고 있었다.

최고의 도발.

플라이는 쿡쿡거리며 웃었다.

인도자한테도 진 게 지금 도발까지 하는 것인가.

"아하하하하. 재밌네. 재밌어. 그러니까 죽여 달라고? 하긴 내가 너라도 인도자의 개가 되느니 다른 오버로드한테 죽여달라고 하겠다. 그지?"

"아니."

안텐은 정색하며 고개를 끄덕였다.

"네가 너무 약해 보여서 해주는 말이야. 여기. 여기가 내 급소야. 알겠지?"

안텐은 계속해서 자신의 가슴 중앙을 가리켰다.

"보여줄까?"

안텐은 주섬주섬 옷을 찢기 시작했다. 그러자 하얀 속살 한 가운데에 박힌 검은 혈석이 드러났다.

안텐은 고개를 갸웃하며 말했다.

"맞지?"

플라이의 표정이 굳어졌다.

처음에는 너무 당당하게 말해서 거짓인 줄 알았다. 혈석의 위치를 공개하는 척 유인해서 반격을 가하는 것. 혈석만 당하지 않으면 재생되는 오버로드는 가끔 쓰는 전략이었다. 그러나 안텐은 정말로 자신의 급소를 열어 보이고 있던 것이다.

"이래도 못 오니?"

"허세부리지 마."

플라이는 건곤권을 높게 들었다.

안텐은 그 모습을 보며 희미한 미소를 지었다.

'그래, 흥분해라.'

안텐의 노림수는 처음부터 정해져 있었다. 흥분한 플라이를 잡아먹겠다. 안텐의 능력은 자연. 더 깊게 파고들면 그녀는 식물 그 자체였다.

플라이는 날개를 진동시키며 안텐을 향해 돌진했다. 안텐은 자연의 창으로 응수하는 척하다가 갑자기 가슴을 쭉 폈다.

'자살?'

플라이가 의문을 가지는 그 순간이었다.

안텐의 가슴이 열리며 거대한 입이 튀어나왔다.

-개미지옥-

거대한 입은 순식간에 플라이를 먹어치웠다. 플라이를 먹은 입은 다시 안텐의 가슴으로 들어갔다. 안텐의 상체가 들썩거리며 마치 터질것처럼 요동쳤다. 안텐은 무릎을 꿇고 가슴을 끓어 안았다.

"크으윽."

흡수되라. 흡수되라.

개미지옥은 괴수나 괴인을 흡수하는 능력이었다. 이 능력은 상대의 힘을 빨아들여 파워업 하는 능력이었기 때문에 자신과 비슷한 수준의 상대에게는 사용해 본 적이 없었다.

자칫 잘못하면 자아를 빼앗길 수도 있고, 그게 아니라면 흡수되기 전에 상대가 자신을 찢어버릴 수도 있기 때문이다. 강자에게 쓰기에는 위험한 능력.

그러나 안텐은 지금 기회밖에 없다고 생각했다.

호바스와의 계약에서도 벗어나면서, 복수까지 할 수 있는 방법.

그것은 이것뿐이다.

다른 4성 오버로드를 먹어버리고 새로 태어나버리는 것.

"먹혀라! 벌레야!"

안텐이 목청껏 소리를 내질렀다.

이윽고, 발버둥이 멈추고 안텐의 가슴이 진정되었다. 그 순간 안텐의 등에서 플라이와 같은 날개가 돋아나기 시작했다. 안텐의 머리에는 더듬이가 났고, 온통 초록색이던 머리는 검은색과 초록색이 섞이기 시작했다.

안텐은 그렇게 잠시 눈을 감고 앉아있다가 자리에서 일어났다.

"아, 좋다."

주변에서는 피 튀기는 고성이 들려오고 있었다. 그러나 안텐은 신경 쓰지 않았다. 완벽하게 다른 생명체가 되었다.

지금까지 느끼지 못했던 힘이 넘쳐흐르고 있었다.

게다가 완전히 새로운 생명체가 되었다는 것을 느낄 수 있었다.

그 증거로 호바스와의 계약이 사라졌다. 족쇄가 풀린 것이다. 안텐은 이미 4성을 뛰어넘었다.

"아, 각성 중이라고 했지?"

안텐은 동산 위를 쳐다봤다.

"복수하러 가볼까?"

안텐은 상쾌한 얼굴로 천천히 전장을 가로질렀다.

❖

티아는 한 손에 검을, 한 손에는 총을 들고 오버로드와 맞섰다. 바로 옆에는 상상력의 제한이 풀린 니나가 기상천외한 무기를 만들어 보조했고, 란슬롯이 뒤를 봐주었다.

하지만 상대는 3성급 오버로드 다수.

티아의 예상대로 점점 방어선은 뒤로 밀리고 있었다. 나인도 전투형은 아니었고, 니나도 전투형은 아니다.

결국 워커만으로는 버티기 힘들다.

"역병 지대!"

노란 머리의 레온이 외쳤다. 포사토이오의 간부 중 하나인 인물이었다. 몇몇 오버로드는 땅에서 튀어나온 손에 잡혀 움직임이 멈췄지만, 나머지가 전부 레온에게 달려들었다.

"아이고, 이런."

레온은 뒤로 점프를 뛰며 티아의 옆으로 다가왔다.

"이거 뚫립니다. 여제님."

"나도 알아. 최대한 버텨."

"하루도 버티기 힘들거든요. 아시죠?"

레온이 능글맞게 말했다.

"저희는 살아가야 합니다. 포사토이오는 버릴 게 없어요. 여제님도, 부대장도 여기 있으니까요."

"그랬다가는 언젠가 죽는다."

"그래도 오늘은 아니겠네요."

레온의 말이 맞다. 버텨봤자 하루. 아니, 하루도 힘들다. 네오니드는 호바스 때문에, 나인은 자신의 목표를 위해, 그리고 천화는 혼을 위해 싸우고 있지만 포사토이오는 이 싸움에서 빠져도 잃는 것이 없다.

티아는 빠르게 머리를 굴렸다.

후퇴가 살길인가? 저항이 살길인가. 하지만 의외로 고민의 결과는 빨리 나왔다.

"조금 더 살기 위해 죽을 짓을 할 수는 없다."

여기서 혼을 버리면, 또 케서린을 버리면 반격의 기회는 사라진다. 결국 니나도 언젠가는 오버로드의 손에 죽게 될 것이다.

"최대한 막아보자."

"힘들면 전 도망갑니다."

레온이 그렇게 말하며 다시 전선으로 뛰어들었다. 니나는 걱정스럽게 티아를 바라봤다. 티아는 복잡한 표정을 짓고 있었다. 포사토이오의 워커들을 살릴 것인가, 아니면 여기서 전멸을 각오하고 버틸 것인가.

"하아."

티아의 한숨 소리가 들릴 때 저 앞에서 스네일이 등장했다.

"중심점이 여기었군."

스네일은 티아를 보더니 말했다.

스네일을 알아본 티아와 니나의 표정이 굳어졌다. 3성들만으로도 힘든 지금 4성의 등장이었다.

"아르마티아! 더블 브러쉬."

니나가 외치자 거대한 하나의 붓이 두 개의 작은 붓으로 나뉘었다. 니나는 순식간에 두 개의 총을 그려냈다.

니나는 물체화 된 총을 잡아 들고 스네일을 향해 쏘았다. 눈이 부신 형광이 튀어나가 스네일의 팔을 태웠다.

레이저 총.

빛의 속도로 나아가는 공격에 스네일은 반응조차 할 수 없었다. 게다가 그 위력은 일반적인 레이저가 아니었다. 마치 레이저 커터처럼 총에서 나온 빛은 스네일을 꿰뚫었다. 하지만 혈석이 파괴되지 않은 스네일은 그저 덤덤하게 고개를 돌려 니나를 쳐다볼 뿐이었다.

"껍질 감옥."

스네일이 말하자 니나의 발밑에서 소라껍데기가 올라와 니나를 가두었다.

"어? 티아……!"

니나가 뭐라고 말하기도 전에 소라껍데기는 니나를 먹었다.

"압축."

스네일이 말하자 소라껍데기가 점점 작아졌다. 안에는 수 천 개의 가시가 돋아있었다. 티아는 당황한 얼굴로 소라껍질을 쳐다봤다.

소라껍질은 어느 정도 작아지더니 멈췄다.

스네일은 인상을 쓰며 말했다.

"막혔군."

안에 갇힌 니나는 소라껍데기가 줄어들자마자 자신의 주변으로 절대로 부서지지 않는 벽을 생성했다. 덕분에 어느 정도는 버틸 수 있다. 티아는 안도의 한숨을 내쉬고 는 스네일을 노려봤다.

"잘도 니나를 건드렸구나."

스네일은 팔을 재생시키고는 티아에게로 시선을 옮겼다.

"그쪽이 먼저 나를 건드린 거 같은데. 아닌가?"

"대가는 혹독할 거다. 란슬롯!"

란슬롯이 시선이 스네일에게로 고정되었다. 티아는 재빨리 창고에서 이차원을 꺼내 발동시켰다. 그녀의 주변이 초록색으로 빛나며 이 세계와는 다른 공간으로 분리되었다.

"죽을 때까지 쳐라. 란슬롯."

티아의 명령에 란슬롯이 스네일을 향해 달려들었다.

❖

같은 시각, 루시오와 헥터는 동산의 입구를 지키고 서 있었다.

"요, 언제까지 그림이나 그릴 거야? 우리도 가서 푸닥거리 좀 해야지."

"이거 그리는 게 얼마나 힘든지 아냐?"

루시오는 능력발동을 위한 마법진을 그리고 있었다. 루시오의 능력인 정신 붕괴는 손꼽힐 정도로 강력한 원이었지만 그만큼 준비가 필요했다. 만약 전선에서 싸운다면 긴 준비시간 때문에 원을 발동하지도 못할 것이다.

그러면 듀얼 마스터와 다른 것이 뭐란 말인가.

그래서 두 사람은 후방에 자리 잡았다. 전투가 시작되면 루시오가 준비를 시작하고, 혹시나 적이 생각보다 빠르게 당도하면 헥터가 막아준다.

"요, 언제 끝나?"

"1분만 더 줘라. 1분만."

"1분이지? 빨리 안 돼?"

"아 좀! 참아……라…….."

루시오는 앞을 바라보다가 말을 늘렸다.

"빨리할게."

"그게 좋겠지?"

헥터가 허탈하게 웃으며 말했다. 바로 앞으로 안텐이, 아니 뭔가 달라진 안텐이 걸어오고 있었다. 안텐은 4성 오버로드. 헥터 혼자서 버티기에는 너무나도 벅찬 적이었다. 루시오는 재빨리 마법진을 마무리하기 시작했다.

"어머머, 여기를 지키는 사람이 있네."

안텐은 헥터를 보며 고개를 갸웃거렸다.

"꺼져. 너희한테 볼 일 없어."

"분쟁의 인도자 말 안 들어도 되는 거였어? 완전 프리해 보이는데?"

"자유를 얻었지."

"오~ 어떻게? 어떻게?"

헥터는 어떻게든 대화를 이끌어 나가고 싶었다. 4성과 싸우는 것은 죽기보다 싫었다. 아니, 죽지 않기 위해 안 싸우려는 것이지만.

안텐은 헥터의 질문에 미소를 지어 보였다. 대화가 잘 나가는 거 같았다. 헥터는 잠시 안심했다. 그러나 그 순간 안텐의 날개가 진동하기 시작했다.

"그건 염라대왕한테 물어봐."

안텐의 손에 들린 건곤권이 헥터의 목을 노리고 들어왔다.

동시에 헥터의 허리가 젖혀졌다.

안텐의 건곤권은 허공을 지나갔다. 헥터는 뒷걸음질 치며 헉헉거렸다.

"오우, 살았다. 오우. 예. 지릴 뻔했네."

헥터는 목을 만지며 고개를 절래 흔들었다.

원(元) 댄스 타임.

일정시간 동안 모든 공격을 회피할 수 있게끔 만들어주는 능력이었다. 다른 의미로 평화주의자, 본인의 생존을 위해 싸움을 피하는 헥터가 받은 최고의 능력이었다. 헥터는 요요를 꺼내 붕붕 돌리며 안텐을 노려봤다.

"그래도 3분은 버티겠네."

댄스 타임은 안텐이 등장하자마자 발동시켰다. 대화시간까지 빼면 한 2분 남았을까. 루시오의 정신 붕괴가 1분 뒤쯤에 완성될 터이니 시간은 넉넉했다.

"피했어?"

안텐은 헥터가 자신의 공격을 피했다는 것을 믿을 수 없었다. 헥터는 혹시라도 안텐은 루시오를 공격할까 더 공격적으로 말했다.

"요, 굼벵이 꿈틀거리는 줄 알았어. 생긴 건 똥파리, 움직임은 똥돼지, 예~."

자기가 뭐라고 지껄이는지도 모르는 상황.

어쨌든 도발은 잘 먹혀 들어간 모양이었다. 안텐은 랩이 미처 다 끝나기도 전에 헥터에게 날아들었다. 헥터는 요리조리 안텐의 공격을 잘 피하며 조금씩 루시오에게서 멀어지고 있었다.

"딱 봐도 저게 수상하지 않아?"

그때 안텐이 혼잣말로 말했다. 안텐의 시선이 루시오

에게도 돌아갔다.

"이거 먼저 죽일 거니까 닥쳐. 아니~! 저게 더 수상하
잖아. 일단 저거 죽이자. 이거 죽이고 한다니까! 순서가
뭐가 상관이야?"

연속되는 혼잣말. 안에 있는 플라이가 말하는 것이었
다.

헥터는 오싹함을 느끼고 말했다.

"요! 난 여기 있어. 나를 바라봐 넌 행복해지고……."

"그래 저거 먼저 죽이자."

안텐의 시선이 완전히 루시오에게로 돌아갔다.

"오, 쉿. 루시오!"

헥터의 외침과 함께 안텐이 루시오에게로 날아갔다. 그
순간에도 루시오는 마지막 점을 찍고 있었다,

"됐다!"

루시오가 외치며 몸을 돌렸다. 그 순간 안텐의 건곤권
이 루시오의 팔을 날려버렸다. 그와 동시에 바닥에 그려
진 마법진이 빛을 머금었다.

"어?"

안텐은 어리둥절한 표정으로 마법진을 바라봤다.

콰아아앙!

마법진이 폭발하듯이 빛을 뿜었다. 안에 있는 안텐의 머

리가 공중으로 솟구쳤고, 그녀의 움직임이 멈추었다. 루시오는 뒤로 다이빙해 마법진에서 빠져나오며 소리를 질렀다.

"크아아악! 팔이! 씨발."

"괜찮아? 난 최선을 다했다고."

"누가 뭐래. 이 자식아!"

루시오는 이를 꽉 물고 안텐을 바라봤다.

정신붕괴는 상대의 정신을 완전히 죽이는 기술이었다. 아무리 4성급 오버로드더라도 정신까지 강하지는 않을 것이다. 싸움은 끝이다. 4성급을 둘이서 막아낸 것이다. 팔 하나 정도는 싸게 먹혔다고 볼 수 있었다.

빛의 기둥이 사라지고 안텐은 우두커니 마법진 안에 서 있었다.

"죽은 거야? 그렇지?"

헥터가 조심스럽게 물었다. 움직이지 않는 것으로 보아 어느 정도 타격은 입은 듯싶었다. 루시오는 진지한 표정으로 말했다.

"아마도?"

"안 움직이잖아. 죽었겠지. 정신이 붕괴됐는데."

헥터는 조심스럽게 안텐에게 다가갔다. 바로 앞까지 갔음에도 안텐은 반응이 없었다. 헥터는 안텐의 머리를 쿡 '찔렀다.

"야, 야. 깨지 마."

그렇게 잠시 상황을 보던 헥터가 안면에 미소를 지으며
말했다.

"야! 죽었……."

좌아악!

몸이 기우뚱 기운다. 그대로 쓰러진 헥터는 사라진 자
신의 다리를 볼 수 있었다. 그리고 놀란 루시오의 표정까
지.

"헥터!"

"어머머, 죽을 뻔했잖니."

안텐은 미소를 짓고 있었다.

"고마워. 시끄러운 년을 없애줘서."

한 몸에 두 개의 정신.

안텐과 플라이의 정신 중 플라이의 정신만이 방금 정신
붕괴로 사라졌다. 안텐은 진심으로 고마워하며 헥터의 목
을 내리쳤다.

"상으로 저세상 여행권을 주지."

"제길."

루시오는 작게 한숨을 내뱉었다.

NEO MODERN FANTASY STORY & ADVANTURE

메이즈
헌터

4

Maze Hunter

4

"허억!"

엘리아가 눈을 떴다.

수만 번의 전투를 겪었다. 살면서 상상했던 강자란 강
자는 전부 다 만났다. 패배해서 죽기도 했지만 가장 행복
한 시간이라고도 할 수 있었다. 자신이 생각하던 강자들
과 모든 전투를 끝낸 엘리아는 각성을 마치고 깨어났다.

엘리아는 벌떡 일어나 옆을 쳐다봤다. 아직도 혼과 호
바스는 깨어나지 않았다.

"일등이닷!"

엘리아는 미소를 지으며 침대에서 내려왔다.

쿵, 쿵!

커다란 소리가 밖에서 들려왔다. 은은히 풍겨오는 냄새. 피 냄새가 동산 꼭대기까지 밀려올라 오고 있었다. 엘리아는 밖이 전쟁터라는 것을 내다보지 않고도 알아차렸다. 자신이 타이밍 딱 좋게 깨어났다는 것을 인지한 엘리아는 기쁨에 웃음을 뱉었다.

"하하하! 완벽한 타이밍이구만."

엘리아는 문을 박차고 밖으로 나갔다.

문밖에는 눈이 충혈될 정도로 전장을 바라보고 있는 천화가 앉아있었다. 그 옆에는 하양이가 똬리를 틀고 앉아 심각한 표정을 짓고 있다. 앞에 집중하느라 엘리아에게 신경을 못 쓰는 듯싶었다.

엘리아는 천화의 어깨를 툭 치며 말했다.

"나 일어났다!"

천화는 고개를 돌려 해맑게 웃는 엘리아를 보았다. 천화는 굳은 얼굴로 엘리아를 바라봤다.

천화는 저 밑에서 워커들이 죽어 나가는 광경을 아주 잘 보고 있었다. 아침 안개가 사라지면 아마 더 선명하게 보일 것이다. 표정 하나, 하나. 살기 위해 발버둥 치는 모습까지 말이다.

엘리아는 심각한 표정의 천화를 가만히 보더니 민망한

듯 머리를 긁적였다.

"뭐야? 왜 그래? 안 기뻐? 내가 딱 맞춰서 일어났잖아."

"그 부분이라면 기쁘네요."

천화가 애써 미소를 지었다.

적어도 엘리아가 깨어났다면 전황은 바뀔 테니까.

"그럼 엘리아 출격이다!"

엘리아는 시끄럽게 외치며 동산 아래를 뛰어 내려갔다.

그 순간이었다. 빛의 기둥이 솟구쳤다.

엘리아는 빛의 기둥을 보자마자 그것이 루시오의 정신 붕괴라는 것을 깨달았다.

그 뜻은 루시오가 대마 하나를 잡았다는 것이다. 정신 붕괴를 맞고 살아남기 위해서는 무언가가 자신의 정신을 대신해주는 것이 있다던가, 목숨이 2개여야만 한다. 그런 경우는 절대 흔하지 않다.

엘리아는 옆에 앉은 천화를 바라봤다.

"이야, 루시오가 뭐 잡았나 봐?"

"루시오시의 능력인가요?"

"응! 난 많이 봐서 알지."

엘리아는 자랑스럽게 말했다.

미궁에서 유일한 가족. 그것이 루시오와 헥터였다. 천화도 그 사실을 잘 알고 있었다. 엘리아는 루시오가 당했을 거라는 생각은 조금도 하지 않고 있는 것만 같았다.

그 사실에 천화는 미소를 지어 보였다.

엘리아가 루시오를 어떻게 생각하는지를 알 수 있을 것만 같았다. 아마 천화가 혼과 다테를 생각하는 것과 같지 않을까. 그들이 어디서 무엇을 하든 믿을 수 있었다. 하지만 천화는 그 믿음의 대가가 무엇인지를 깨달았다.

다테는 사라졌다.

너무 의지했기 때문에. 자신을 위해서 모든 것을 해주던 한 사람은 그렇게 사라졌다.

"그런 나는 이만 가보지. 루시오가 뭘 잡았는지 보고 싶거든."

엘리아는 그렇게 미소를 지으며 앞을 바라봤다.

"어머, 여기인가 보네."

그때, 한 여자가 동산 꼭대기에 도달했다. 검은색과 초록색이 어우러진 머리. 반투명한 날개.

안텐.

엘리아와 천화의 표정이 동시에 굳어졌다.

"뭐야? 어떻게 온 거야?"

엘리아가 멍한 얼굴로 물었다.

분명히 루시오의 정신붕괴가 터졌다. 그리고서 이 오버로드가 동산의 꼭대기, 각성의 장소에 나타났다.

　안텐은 고개를 갸웃거렸다.

　"어떻게 오다니? 걸어서 왔는데."

　"밑에 루시오가 있었을 텐데……."

　"아! 그래, 두 사람 있었어. 검은 애랑 하얀 애."

　안텐은 생각이 났다는 듯이 고개를 끄덕였다. 그리고는 무심하게 한마디를 던졌다.

　"죽였어."

　천화의 동공이 흔들렸다.

　루시오가 죽었다.

　정신붕괴가 통하지 않은 것이다. 처음에는 루시오가 잡은 오버로드가 다른 것이고, 안텐은 다른 루트로 왔을 것이라고 생각했다. 그렇지 않다면 정말 최악의 시나리오가 되어 버리니까.

　루시오와 헥터가 죽었다는 시나리오가.

　"저, 정신붕괴는?"

　천화가 엘리아를 보며 말했다. 대답은 안텐이 했다.

　"아, 그거! 덕분에 귀찮은 녀석이 사라졌지. 이야, 그건 고마웠어."

　천화는 엘리아에게로 시선을 옮겼다.

정색하고 있는 엘리아의 얼굴이 조금씩 들썩거렸다. 볼이 씰룩거리고 있다. 엘리아는 금방이라도 터진다.

천화는 그렇게 생각했다.

"엘리아씨. 조금은 진정을……"

"아하하하하하하!"

엘리아의 웃음소리가 사방에 퍼졌다.

안텐도, 천화도 예상치 못한 반응에 멍해졌다.

왜 웃지? 루시오와 헥터가 죽지 않았나. 유일하게 믿을 수 있던, 유일한 자기 편을 잃은 것이 아니던가.

어떻게 웃음이 나올 수 있는가.

엘리아는 한참을 웃다가 배를 잡으며 고개를 들었다.

"엄청 강하네! 너. 정신붕괴 맞고도 살아있어. 재밌겠다."

엘리아는 미쳤다.

강자와의 싸움. 강자를 자신의 발 밑에 까는 것. 그것만이 즐거움이었던 최강의 사디스트.

"너, 뭐라고 하는 거냐?"

안텐이 엘리아를 내려다보며 말했다.

엘리아는 대답이 없었다. 그녀는 창고에서 소태도 두 개를 꺼내 허리춤에 꼈다. 그리고는 주사기를 소환했다.

그리고는 자신에 목에 꽂았다.

엘리아의 무기능력. 광기. 약물을 복용함으로써 자신의 신체능력을 순간적으로 올리는 강화능력.

"그럼 잘 먹겠습니다."

안텐은 소태도를 들어올리며 말했다.

안테은 어이가 없어서 피식 웃었다. 4성급 두 기가 합쳐진 몸이 안텐이다. 인도자도 아닌 고작 워커에게 당할 리가……

그 순간, 엘리아의 소태도는 안텐의 목을 날렸다.

"어?"

안텐이 반응하기도 전, 엘리아가 안텐의 가슴을 베려고 했다. 안텐의 몸은 반사적으로 움직여 겨우겨우 엘리아의 공격을 막아냈다.

안텐의 몸에서 새로운 머리가 돋아났다. 엘리아의 공격에 안텐은 뒤로 물러날 수밖에 없었다.

'이런 미친!'

플라이를 흡수한 안텐은 레디포르에 존재하는 그 어떤 생명체보다 상위 포식자라고 할 수 있었다. 4성급 오버로드 둘이 합체된 것이다. 인도자도 아닌 고작 워커가 자신을 상대할 수 있을 것이라고는 상상조차 하지 못했다.

금속음이 쉴 새 없이 울렸다.

안텐은 이미 동산 밑으로 점점 밀려나고 있었다. 압박이 거세지면서 점점 상처가 늘어났다. 금방 재생되기는 했지만 안 좋은 징조였다.

"하하하하! 뭐하는 거야? 고작 그거야? 재미없어지려고 하는데."

엘리아가 깔깔거리며 웃었다.

어떻게 웃는 것인가.

천화는 아직도 그 의문에서 벗어날 수 없었다. 루시오는 엘리아에게 있어서 가족이 아니던가.

천화는 평화조약을 계속해서 생각하고 있었다. 엘리아가 혹시라도 패배하면 사용할 생각이었다. 그녀는 오로지 모든 능력을 혼을 지키는 데 사용하기로 각오했다.

그래서 오버로드와 워커들이 싸울 때도 외면했다.

아직은 쓰지 않아도 될것만 같았다. 엘리아는 안텐을 압도하고 있었다. 그리고 얼마 못 가 안텐은 엘리아의 공격에 팔 두 개를 전부 잃고 뒤로 물러났다.

"뭐야, 너 재미없어."

엘리아가 침을 퉤 하고 뱉었다.

"재미없다고!"

안텐은 여전히 입이 찢어져라 웃고 있었다.

그러나 평소의 그녀와는 완전히 달랐다. 웃음 속에 뭔가 이질적인 것이 들어있었다.

안텐은 자신에게 승산이 없다는 것을 깨달았다. 이런 괴물이 어디서, 왜 등장했는지는 모르겠지만 처음으로 한 명의 워커가 4성급 오버로드를 넘는 실력을 가지게 된 것이다. 안텐은 작전을 변경했다.

안텐은 가슴 한가운데를 가리켰다.

"그렇게는 날 못 죽여. 여기가 나의 급소다. 찌를 수 있으면 찔러봐."

플라이를 흡수했을 때와 같은 작전. 흡수해버리겠다. 이미 다른 4성급 오버로드도 먹은 그녀였다. 워커라고 하더라도 못 먹을 이유가 없다.

안텐은 전투에 미쳐있다. 도발하면 반응할 것이다. 그때, 개미지옥으로 먹어버린 뒤 흡수한다. 지금까지 워커를 먹어본 적은 없지만 엘리아 정도의 파워라면 한 단계 더 진화할 수도 있었다.

"그래, 재미없으니 끝내야겠다."

엘리아가 안텐을 향해 돌진했다.

'더, 더 가까이⋯⋯.'

안텐은 숨을 죽이고 엘리아가 사정거리 안으로 들어오기를 기다렸다.

'지금이다!'

안텐은 속으로 쾌재를 외치며 가슴을 펼쳤다. 거대한 입이 튀어나와 달려오는 엘리아를 향해 나아갔다.

"먹혀라!"

"원(元)"

엘리아는 자신을 먹기 위해 날아오는 입을 향해 손을 뻗었다.

"Significant impulse(거대충격)."

엘리아의 손에서 하얀 광선이 응축되더니 이내 폭발하듯 안텐을 향해 날아갔다.

그리고 세상이 온통 하얗게 변했다.

고오오오오!

마치 세계가 종말하듯 빛이 모든 것을 집어삼켰다. 굉음의 귀를 멎게 하여 아무 소리도 들리지 않았다. 단순히 파괴만을 위한 힘. 엘리아의 원이 안텐을 집어삼키는 순간, 모든 것이 멈춘듯했다.

세상을 집어삼켰던 빛은 점점 한 점으로 모여 사라졌다. 엘리아는 안텐이 서있던 자리를 노려봤다.

그곳에는 아무것도 남아있지 않았다.

눈을 가리고 있던 천화도 놀랄 수밖에 없었다. 안텐이 죽은 것은 당연하다고 느껴질 정도의 위력이었다.

천화가 놀란 이유는 따로 있었다.

벽에 금이 갔다.

거대충격으로 인해 모든 안개가 증발한 듯 사라졌다. 그리고 선명하게 보이는 벽에는 작지만 확실한 균열이 나 있었다.

절대적인 강도를 자랑하는 벽.

그 어떤 충격에도 미동 없던 벽이 부서진 것이다. 천화는 흘러내리는 파편을 보며 벌어진 턱을 어떻게 하지 못하고 있었다.

"에, 엘리아씨."

"재미없다고. 재미없어!"

엘리아는 크게 외쳤다.

그런 그녀의 눈가에 뭔가가 반짝이고 빛났다. 엘리아는 재빨리 고개를 돌린 뒤 다시 미소를 지었다. 아래에는 스네일과 티아가 전투 중이었다. 엘리아는 그곳으로 향해 한 발자국을 내디뎠다.

"다 죽이고 올게."

엘리아는 다시 해맑게 웃으며 천화에게 말했다.

"네. 다녀오세요."

천화의 인사를 뒤로 엘리아가 아래로 내려갔다.

"저게 무슨……."

거대충격의 여파는 동산 밑에도 그대로 전해졌다.

란슬롯은 스네일의 껍질을 부수고 나와 다시 갇히기를 반복하고 있었다.

죽여도 죽여도 죽지 않는 란슬롯을 상대하는 스네일은 답답할 수밖에 없었다. 하지만 그것은 티아도 마찬가지였다. 스네일의 발은 묶을 수 있지만 그를 죽일 수 있는 방법은 없었다.

그러던 와중에 거대충격이 일어났다.

엘리아가 깨어났다.

전장에 변화의 바람이 분 것이다. 게다가 이 거대충격으로 보면 엘리아는 깨어나자마자 강력한 적 하나를 제거한 것이 분명하다.

"끝났다."

티아가 미소를 지으며 말했다.

수많은 인명피해가 있었지만 해낸 것이다. 5성, 카이저에게 대항할 수 있는 방법이 생겨났다.

"안텐……!"

거대충격을 본 스네일의 표정이 달라졌다. 스네일은

방금 4성급 오버로드 2기가 한 번에 사라지는 것을 느꼈다. 그것은 안텐과 플라이다.

스네일은 미친 것처럼 갑자기 동산 위로 달려가기 시작했다.

"란슬롯! 막아!"

"방해하지 마!"

스네일은 란슬롯을 소라껍데기에 가두었다. 얼마 버티지는 못하겠지만 적어도 조금은 더 동산으로 달려가 상황을 확인할 수 있을 것이다.

"제길! 양이! 저 녀석을……."

"티아씨!"

나인이 버럭 외쳤다.

그 목소리에는 두려움이 가득했다. 뭔가 오싹함을 느낀 티아가 고개를 돌려 나인을 쳐다봤다. 나인은 오른손으로 자신의 머리를 잡고 부들부들 떨고 있었다. 그는 힘겹게 티아를 올려다보더니 중얼거렸다.

"뭔가가 옵니다. 오고 있습니다. 거의 다 왔어요. 거의 다!"

"뭐, 뭐야?"

"다 죽어. 이대로면 전부 다!"

나인은 괴성을 지르더니 사라졌다.

순간이동으로 혼자 빠져나간 것이다. 티아는 당황한 얼굴로 나인이 사라진 자리를 응시했다. 그때, 입구에서 한 남자가 걸어들어왔다.

"스네일이 판단을 잘했군."

검은 머리에 백옥 같은 피부. 길쭉한 다리에 정장. 여유롭게 전장으로 걸어들어오는 남자.

카이저는 흡사 인간 모델과 같았다.

티아는 카이저를 보자마자 무언가 잘못 돌아가고 있다는 것을 깨달았다.

오버로드는 단순하게 움직인 것이 아니었다.

이곳을 최후의 전장으로 만들 생각이었다. 카이저는 가만히 주변을 돌아보더니 티아를 보고는 미소를 지었다.

"오, 이차원인가."

티아는 움츠러들었다. 이차원 안에서는 안전하다. 절대적으로 안전하다. 그렇기 때문에 그녀는 그 누구를 상대하더라도 겁을 먹은 적이 없다.

하지만 카이저는 달랐다.

카이저는 뚜벅뚜벅 걸어와 티아의 앞에 섰다. 그리고는 손을 들어 공중에 떠 있는 이차원을 가리켰다. 그리고 작게 중얼거리듯 말했다.

"탕."

챙! 하는 소리와 함께 이차원이 박살 났다. 티아를 감싸고 있던 초록색 막도 순식간에 사라졌다. 티아는 멍하니 카이저를 바라볼 뿐 아무것도 할 수 없었다.

죽는다.

이길 수 없다.

희망을 보자마자 그 희망은 무참히 짓밟혔다.

"걱정 마라. 죽이진 않는다."

카이저는 그렇게 티아의 귀에 속삭였다.

티아는 무너지듯 무릎을 꿇었다. 카이저는 그렇게 점점 엘리아가 있는 곳으로 걸어갔다.

❖

엘리아는 먼저 스네일을 만났다.

스네일을 본 엘리아는 살짝 인상을 찌푸렸다.

"더 약한 애가 나왔네? 아까 그게 제일 강한 거야? 어? 그럼 실망인데. 재미없어. 뭐야 이게."

엘리아는 어린아이처럼 투정부렸다.

스네일은 움찔했다. 자신으로서는 도저히 이길 수 없는 상대라는 것을 이미 알아버린 것이다. 안텐의 생사도 확인할 수 없다.

이대로 후퇴인가 생각할 때 그 남자가 나타났다.

"판단이 좋았다. 스네일."

남자는 박수를 치며 걸어왔다. 스네일은 그 목소리를 듣자마자 뒤로 돌아 무릎을 꿇었다.

"자신의 약함을 인정하는 것도 중요한 일이지. 나에게 지원요청을 한건 잘했다."

카이저.

미궁 최강의 생명체.

황제의 등장이었다.

엘리아는 카이저를 가만히 노려보고 있었다. 섣부르게 달려들 상대가 아니라는 것은 단번에 알 수 있었다. 그러나 속에서부터 희열이 올라오는 것은 어쩔 수 없었다.

드디어 진짜 상대가 나타났다.

"너 재밌겠다."

규격 외의 존재.

지금까지 만났던 그 어떤 강자와도 비교할 수 없었다.

혼은 맞수였다.

4성급 오버로드는 넘어가야 할 산과 같았다.

그러나 카이저는 마치 태양과 같았다.

다가갈 수도, 다가갈 생각도 들지 않는 그런 존재. 그런 존재가 눈앞에 서 있는 것이다.

그것도 적으로.

엘리아는 고개를 푹 숙이고 있었다. 그리고 몸을 비비 꼬더니 광기가 담긴 미소와 함께 외쳤다.

"완전 흥분되잖아!"

엘리아는 재빨리 주사기를 꺼내 목에 꽂았다. 두 번째 광기. 또 한 번의 기회는 없다고 봐도 된다.

"각성 세계에서 강자는 다 만났다고 생각했는데 말이야. 역시 현실은 상상을 뛰어넘네."

엘리아가 소태도의 날을 세우며 카이저를 향해 달려들었다.

음속을 뛰어넘는 속도.

이런 적과 싸우고 싶었다. 이런 적과 싸우기 위해서 각성을 한 것이나 다름없었다. 엘리아의 머릿속에는 오로지 카이저를 먹어치워 버리고 싶은 생각밖에 없었다.

그렇게 때문에 최선을 다한 공격을 가했다.

그러나 소닉붐이 퍼지기도 전에 승부는 났다.

카이저의 주먹이 엘리아의 왼쪽 볼을 가격했다. 엘리아의 몸은 마치 야구공처럼 옆으로 멀리 날아갔다.

카이저는 한참을 날아가다 바닥에 처박히는 엘리아를 보며 중얼거렸다.

"뭔가 잘못 맞은 거 같은데."

분명 주먹에 오는 느낌이 달랐다. 생명체를 때린 느낌이 아니라 무언가 단단한 것을 때린 느낌이랄까.

그 순간에 엘리아가 반응했을 리는 없다. 그렇다면 이유는 하나다.

누군가가 개입한 것이다.

"그렇겠죠."

카이저는 여자 목소리에 시선을 옮겼다.

"막았으니까."

천화가 서 있다.

천화는 왼손에 수호설을 들고 오른손으로 목을 주무르고 있었다.

안개가 없어지고 천화는 엘리아와 다른 이들의 싸움을 선명하게 볼 수 있었다. 그리고 카이저의 등장까지. 천화는 카이저의 등장을 보자마자 엘리아를 돕기 위해 동산을 내려왔다. 그리고 다행히도 타이밍 맞춰서 수호설을 걸어 줄 수 있었다.

머리가 지끈거렸지만 한 방은 버틸 수 있었다.

수호설에 보호를 받은 엘리아가 금세 몸을 일으켰다. 엘리아는 성난 개처럼 이를 갈고 있었다.

"재밌네. 이거."

엘리아는 금방이라도 다시 달려들 기세였다. 그러나 그

렇게 둘 수는 없었다. 엘리아는 3개뿐인, 그리고 현재로써는 유일한 전력이니까.

천화는 손가락을 튕겼다.

한 방을 막을 수 있으면 충분하다. 어차피 처음부터 이런 상황이 올 때를 피눈물 삼켜가며 아껴온 능력이 있었다.

"이제 당신이 얼마나 강하든 상관없습니다."

-평화조약.-

은은한 주황빛이 카이저와 스네일까지 모두 감쌌다. 천화는 그 자리에 주저앉아 말했다.

"그럼 우리 모두 평화롭게 있죠."

❖

혼은 대자로 뻗어 있었다.

그런 그의 옆에는 부동명왕이 배를 까고 누워있었다. 미래의 혼은 박수를 치며 절벽 아래로 내려왔다.

"부동명왕은 잡았네. 어때? 검은 혈석 효과도 크지?"

"12번 죽었지만 말이야."

12번 사망. 재수가 굉장히 없었다고 치더라도 성공확률이 10%도 안 되는 도박, 재수 좋은 축에 속하면 정말 1%도 안 되는 성공확률일 수도 있다.

그러나 그것이 주는 강함은 진짜였다. 물론 그러고 나서도 바로 부동명왕을 이길 수는 없었다. 강해진 힘을 사용하는 방법은 미래의 혼이 전부 알려주었다.

자기 자신에게 배운 덕분일까. 혼은 순식간에 모든 전투방법을 체득해냈다.

덕분에 부동명왕은 강적이었지만 이렇게 이기지 않았는가. 미래의 혼은 손가락을 튕겼다.

"그럼 다음으로 가자."

혼이 누워있는 땅이 모래사장으로 변했다. 바닷물이 밀려 들어오자 혼은 일어날 수밖에 없었다. 미래의 혼은 팔짱을 끼고 서서 앞쪽을 가리켰다.

"저기 보이지?"

바다 한가운데에는 배 한 척이 떠 있었다. 언뜻 보아도 크기가 장난 아닌 것이 항공모함쯤 되어 보였다.

"저거랑 싸우라는 건가?"

고작 배인가?

부동명왕은 신이었다. 아무리 항공모함이라고 하더라도 마하의 속도로 움직이며 강철이고 뭐고 다 썰어버리는 일루미나가 있는 한 혼의 적수가 되지는 못한다. 결국 인간이 움직이는 배가 아니던가. 안에 잠입만 하더라도 제압은 식은 죽 먹기다.

"내가 설마 그런 허접한 미션을 주겠나? 네가 더 잘 알 거 아니야."

"당연히 아니겠지."

"시작했다."

혼은 다시 고개를 들어 배를 바라봤다.

코오오오오오!

바닷물이 썰물처럼 빠지는 것이 보였다. 그와 동시에 무언가가 시야를 가렸다. 마치 세상을 가로지르는 벽처럼 나타난 그것은 항공모함을 마치 땅콩 먹듯이 섭취하고 점점 기울었다.

웅웅하고 공기가 진동하는 소리가 들려왔다.

천천히 다시 바닷속으로 들어가는 물체. 그것이 해수면과 부딪히는 순간 해일이 몰려오기 시작했다.

"리첼리아!"

"네!"

리첼리아는 동그란 캡슐로 변해 혼을 보호했다. 바닷물이 캡슐을 때리는 것이 느껴졌다. 캡슐은 위로 떠오른 뒤 원반으로 바뀌었다.

혼은 원반 위에 서서 바닷물이 삼켜버린 대지를 쳐다봤다.

"저걸 죽여라."

미래의 혼도 같은 방식으로 바로 옆에 떠 있었다.

"저걸? 저게 뭔데?"

"레비아탄. 물론 너의 상상 속 레비아탄이다."

"저런 걸 상상한 적은 없는 거 같은데 말이야."

"그러게 말이다."

미래의 혼이 대답했다.

혼은 머리를 긁적였다. 크기가 짐작되지 않는 적이었다. 어떻게 하면 죽일 수 있을까. 혼은 멍하니 바다를 바라보며 생각했다.

"참고로 저걸 죽이면 마지막 단계다."

"뭐?"

"너는 미궁의 정점에 서고 싶어서 이 세계에 온 것이 아니었나?"

"그렇지."

"그럼 더 강해질 필요가 없지. 부동명왕을 죽인 상태로 넌 최강이다."

"그러면 이것도 필요 없지 않나?"

미래의 혼은 어깨를 으쓱하며 대꾸했다.

"미래는 모르는 법이지. 그럼 열심히 하도록."

그렇게 미래의 혼이 사라졌다. 더 이상 가르칠 것이 없다는 것이다. 이제 중요한 것은 실전이었다.

-인도자님? 어쩔 거에요?-

"뭘 어째? 죽여야지."

혼은 고개를 절래 흔들고는 원반을 툭 쳤다.

"날개로 바꿔라. 간다."

-옛설!-

❖

"이건 언제 끝나는 거지?"

카이저는 다리를 꼬고 앉아있었다.

"티아씨는 모두 대피시켜주세요."

켄타우로스들은 집에서 숨을 죽이고 있었다. 다행히 동산 입구에서 전투가 벌어져 직접적인 피해는 없었지만 앞으로는 장담할 수 없었다. 티아는 고개를 끄덕였다.

그때 나인도 돌아왔다.

"제가 돕겠습니다."

"뭐야? 기회주의자 자식. 이제 안전해졌다고 나온 거야?"

티아가 비아냥거리자 나인이 머리를 긁적였다.

"카, 카이저는 조금……."

나인은 그러면서도 카이저의 눈치를 보았다. 반은 오버로드인 나인에게 있어서 카이저는 절대적인 존재이기도 했다. 그런 그와 싸우는 것은커녕 독대하는 것만으로도 나인에게는 벅찬 일이었다.

"잘 오셨어요."

천화가 빙긋 웃었다.

"그럼 이제 혼씨랑 호바스씨를 데리고 가세요. 남은 인원이 한 7, 8명 정도니까 가능하시죠?"

"어, 어."

나인은 고개를 끄덕이고는 고개를 갸웃하며 케서린의 집으로 들어갔다.

"잠깐만."

티아가 인상을 쓰며 천화에게 다가갔다.

"너 뭐하자는 거야."

"네?"

"자살하겠다는 거야? 뭐야?"

천화의 말을 제대로 이해한 사람은 티아뿐이었다.

천화의 말을 쉽게 설명하면 이렇다.

내가 뒤를 막을 테니 너희는 어서 후퇴해. 그런 무책임한 말이었다.

티아는 이대로 갈 수 없었다. 혼이 각성 상태에 들어간이후 천화의 안전은 다음 지휘관인 자신의 몫이었다. 만약 이대로 천화를 버리고 간다면 혼에게 무슨 말을 할 수 있을까.

"자살이라뇨. 그런 거 아니에요."

천화가 배시시 웃었다.

그 얼굴이 짜증 나는 것은 이번이 처음이었다.

"야, 이게 자살이지 뭐가 아니야? 우리가 너만 버리고 가버리면 저놈이 너를 가만히 둘 거 같아?!"

"제 몸은 제가 지킬 수 있습니다."

티아는 검지로 미간을 짚었다.

그럼 여기서 그래, 네가 가라고 했고, 네 몸은 알아서 지키는 것이니 우린 가겠다. 이렇게 말하고 돌아서야 하는가. 티아는 그럴 수 없었다.

이기적이게 회피하지 않으면 천화를 버린 것이 평생의 딱지로 붙어버린다. 딱지가 붙는 것이 싫으면 회피해야 한다.

그 어느 선택도 하기 싫었다. 티아는 짜증이 올라와 소리를 질렀다.

"아아아아!"

카이저는 한숨 자겠다며 누워있었다. 어차피 평화협정이 유지되는 동안에는 그 누구도 카이저를 공격할 수 없었다.

티아는 카이저를 노려보다가 천화에게로 시선을 옮겼다.

"정말 남을 거야?"

천화는 확신에 찬 눈빛으로 고개를 끄덕였다.

"다른 방법은 없잖아요."

"후. 고맙다."

티아는 진심으로 말했다.

사실 천화의 말대로 다른 방법은 없다. 어쩌면 자신은 천화를 지키고 싶었다라는 변명을 하고 싶어 그렇게 계속 같은 질문을 반복했던 것일 수도 있다. 다른 방법은 없다. 그건 티아가 더 잘 알고 있었다.

"혼이 깨어날 수도 있으니까 조금만 더 있다 가자. 혹시 라도 유지하기 힘들면 말해."

"그럴게요."

최대한의 배려였다.

그 사이 나인이 침대를 끌고 나왔다. 케서린과 윌리엄 도 함께였다. 밖으로 나온 케서린은 카이저를 힐끗 보더 니 인상 썼다.

"다 죽을 뻔했네."

호바스와 혼은 아직 깨어나지 못하고 있었다. 천화는 혼을 물끄러미 쳐다봤다. 아까까지만 하더라도 마지막으 로 얼굴 한 번만 본다면 좋다고 생각했는데 얼굴을 보고 나니 목소리까지 듣고 싶어졌다.

티아는 가만히 입꼬리를 올리며 혼을 바라보는 천화를 보다가 머리를 헝클어트렸다.

"그런데 천화씨는 어떻게 합니까?"

"못 데리고 간다."

티아가 딱 잘라 말했다.

"그, 그러면……."

"아무 말 하지 말고 고맙다고만 해라."

티아는 그렇게 말하며 몸을 돌렸다. 안 된다고 지껄이는 것은 전부 다 위선이다. 그렇다고 자신이 남을 수도, 남고 싶지도 않은 것이 속마음이었다.

그래도 혼만 깨어나면 해볼 만하다.

어차피 카이저는 여기 있다. 이 녀석만 죽이면 끝이 나는 것이다.

혼과 호바스가 깨어나서 카이저를 잡아주기만 한다면 천화를 버리고 가는 일도 없을 것이다.

티아는 물끄러미 혼을 쳐다봤다.

'빨리 일어나라. 밉상아.'

NEO MODERN FANTASY STORY & ADVANTURE

네이즈
현대

5

Maze Hunter

5

레비아탄은 잡을 수가 없다.

혼은 원반 위에 앉아 곰곰이 생각했다. 지금까지 3번 도전했지만 바닷속에서, 그것도 눈동자 크기가 자기 몸집만 한 적을 상대할 방법은 도저히 떠오르지 않았다. 부동명왕은 크기로 보나, 환경으로 보나 매우 쉬운 상대임을 절감하고 있었다.

3번 다 레비아탄에게 박치기 한 방을 맞고 그대로 익사해버렸다. 아니, 정확하게 말하자면 박치기를 당한 것인지, 꼬리에 맞은 건지도 잘 모르겠다. 회색 거대한 무언가가 자신을 때렸다는 사실밖에 아는 것이 없다.

"큰일이네."

능력치의 문제가 아니었다. 약점을 찾을 수가 없다. 이렇게까지 거대한 적을 상대한 적은 혼도 처음이었기 때문에 마땅한 묘수가 떠오르지 않았다.

-그래도 일단 다시 들어가 봐야 하지 않을까요?-

"그러긴 해야겠지. 일단 잠수 갑옷으로 변해봐."

-알겠습니다!-

잠수 갑옷.

그것은 혼이 주문한 특별 갑옷이었다. 마치 우주 헬멧과 같은 디자인에 촉수 같은 줄이 돋아나 물 밖으로 연결된 모양이었다. 혼은 일단 무기를 들고 있지는 않았다. 그보다는 일단 레비아탄의 약점을 찾는 것이 중요했다.

구구구구구!

레비아탄이 근처에 있다는 것을 소리로 알 수 있었다.

혼은 숨을 죽이고 점점 가라앉았다. 여기서 움직였다가는 또다시 꼬리에 얻어맞을 수도 있었다.

점점 어두운 심해로 들어가고 있었다.

빛이 완전히 차단된 것만 같은 느낌이 들었다. 그곳에서도 레비아탄은 편안하게 유영중이었다.

-옵니다.-

리첼리아가 말했다.

"어디?"

-바로 뒤!-

리첼리아의 외마디 비명과 함께 몸이 뭔가에 끌려 들어가는 것이 느껴졌다. 앞이 보이지는 않았지만 레비아탄이 무엇을 하는지는 알 수 있었다.

'먹힌다.'

물이 갑자기 빨려 들어가는 현상. 그것은 레비아탄이 입을 벌렸다는 뜻이었다.

"리첼리아! 횃불!"

-알겠습니다!-

리첼리아는 힘을 짜내어 전구를 만들어냈다. 그리고 혼의 시야에 들어온 것은 분홍색의 벽이었다.

이윽고 레비아탄의 입이 닫혔다.

물에 휩쓸려 레비아탄의 목구멍 안으로 정신없이 빨려 들어가던 혼은 이윽고 평평한 장소에 도착했다.

"리첼리아 공기 있는 거 같으니까 전구 최대 밝기로 키워봐."

혼이 말하자 잠수용 헬멧이 사라지고 주변이 밝게 빛났다. 혼은 마치 심장이 뛰듯 요동치는 벽을 보며 이곳이 어딘지를 알아차렸다.

"뱃속이네."

상당히 넓었다.

아니, 상당히라는 말로 표현할 수가 없었다. 운동장?
뭐 그런 느낌이 아니다. 정말 아무것도 없는 황무지에 떨
어진 것만 같았다.

-어떡하실 건가요?-

리첼리아가 물었다.

레비아탄에게 먹힌 것은 먹힌 것이다. 그 점은 이제 어
쩔 수가 없다. 그렇다면 여기서 빠르게 자살하고 다시 시
작하는가, 그게 아니라면 뱃속에서 뭔가 해법을 찾을 것
인가를 물어보는 것이었다.

미래의 혼은 밖과 안의 시간이 다르다고 했다.

그러나 그 차이가 어느 정도인지는 확실하게 알수 없었
다. 각성 세계 안에서의 하루가 밖에서 한 시간인지, 12시
간인지는 알 수 없다.

한시라도 빨리 레비아탄을 제압하고 돌아가야만 했다.
본인의 목숨뿐만이 아니라 천화도, 그리고 나머지 사람들
의 목숨까지 걸린 일이었다.

혼은 가만히 서서 생각하기 시작했다.

어쩌면 지금이 기회가 아닐까?

어차피 레비아탄의 피부는 절대로 뚫을 수가 없었다.
시도를 두 번 해봤지만 두 번 모두 실패했다. 외피를 뚫는

것은 포기해야 한다고 혼은 판단을 내렸다. 안으로 뚫고 들어갈 힘도, 무기도 없기 때문이다.

그렇다면 안에서 공략하는 것이 맞다.

-저, 저기. 인도자님?-

리첼리아가 떨리는 목소리로 말했다.

-뭐가 떨어지는뎁쇼.-

폭포와 같은 소리가 뒤에서 들렸다. 혼은 고개를 돌렸다. 투명한 액체가 벽을 타고 내려오고 있었다.

"위액."

당연한 일이었다. 먹은 것이 있으면 전부 위로 가고, 위에서는 위액이 나와 그것들을 녹인다.

"아!"

그 순간 혼의 머리를 스치고 지나가는 것이 있었다.

"리첼리아! 천의 무기라고 했지? 독으로 변할 수 있어?"

-있어요! 뭘 원하세요?-

"가장 강한 독."

약자가 강자를 이기기 위해 최적화된 무기.

그것은 독이었다.

가장 강력한 독인 보툴리눔톡신은 0.000000021g 만으로도 70kg의 성인 남성을 죽일 수 있다. 그렇기 때문에 작은 곤충들이나, 동물들이 자신을 지키기 위해 진화를 거듭해 얻은 무기도 독이었다.

레비아탄과 같은 거대한 생명체.

그를 죽일 수 있는 유일한 희망은 독이 아닐까.

-여기 있습니다.-

리첼리아는 자신의 몸을 엄지손가락만 한 노란색 구슬로 만들었다.

-자! 저를 먹으세요!-

"뭐?"

벌써 위액은 혼을 향해 밀려오고 있었다.

-이 독을 먹으면 혼씨가 독인(毒人)이 됩니다! 독을 마음대로 사용할 수 있는 거죠.-

"이게 가장 강력한 독인가?"

-그렇습니다! 그리고 만약 이걸 먹은 혼씨를 누군가가 죽이면……."

"죽이면?"

-안에 있는 독이 펑하고 뿜어져 나옵니다. 그 위력은 그 근방 수십만 평이 1000년간 죽음의 지대가 될 정도입니다!-

"그렇군. 그러면."

혼은 곧바로 구슬을 입에 넣었다.

-아흥! 먹혀버려!-

리첼리아의 야릇한 목소리가 머리에 맴돌았지만 혼은 가볍게 무시했다. 혼은 속에서부터 끌어 올라오는 역겨운 기운에 인상을 찌푸렸다. 양손이 검게 물들었고 몸에 반점이 생겨나기 시작했다.

독 인간이 되어버린 것이다.

"어쨌든 죽어야 이기는 거네."

위액에서 벗어날 방법은 없었다. 혼은 눈을 감고 자신의 몸이 녹아내리기를 기다렸다.

'어떻게 되는지나 보자.'

이윽고 산성 액이 혼을 덮쳤다.

❖

혼은 눈을 떴다.

케서린의 집은 아니었다. 혼이 본 하늘은 너무나도 푸르렀다. 혼은 한숨을 쉬었다. 실패인 것일까? 아직 각성 세계를 벗어나지 못했나?

"이, 일어났다!"

앳된 여자 목소리가 들렸다.

리첼리아는 아니었다. 혼은 벌떡 일어났다.

바로 옆에는 엘리아가 서 있었다. 주변을 돌아보니 빈 침대와 하나와 지친 듯 주저앉아있는 티아와 나인이 보였다.

익숙한 장소였다. 근처에 즐비한 폐건물들이 이곳이 어딘지를 말해주고 있었다.

오르간 출루.

"후퇴한 건가?"

혼은 엘리아를 돌아보며 말했다. 원정 갔던 사람 중 많은 인원이 보이지 않았다. 그리고 가장 중요한 천화가 보이지 않는다.

"천화는?"

엘리아는 눈만 깜빡이더니 몸을 돌려 티아에게로 달려갔다.

"천화 찾는데? 어떡해?"

"내가 말할 게."

티아는 뚜벅뚜벅 혼의 앞으로 걸어갔다. 그리고는 길게 숨을 들이마시며 말했다. 몇 번이고 연습한 장면이었지만 쉽게 말이 나오지 않았다. 혼의 앞에 서니까 더욱더 그러하다. 티아는 머릿속으로 수백 번이고 사실을 말해야 한다를 반복했다.

그리고 말은 예상치 못하게 튀어나왔다.

"천화는 카이저와 함께 있다."

"거의 끝나가는 거 같은데."

카이저가 하늘을 바라보며 말했다. 두루마리가 천천히 돌아가며 주황빛이 사라지고 있었다. 천화는 홀로 남아 있었다. 켄타우로스들은 이미 전부 피난 갔고, 레디포르는 완벽하게 버려진 도시가 되었다.

"대화를 해도 될까요?"

"얼마든지."

카이저는 천화의 앞에 앉았다. 이제 주변에 워커는 존재하지 않았다. 고작 대화 정도야 못 해줄 것도 없지 않은가.

"왜 인도자를 죽이려고 하는 겁니까?"

"웃기는 질문이군. 워커는 자신을 헤칠지도 모르는 잠정적 적을 죽이지 않는 것인가?"

"그런데 왜 갑자기?"

"인도자 다섯이 나타나면 미궁은 격변한다. 전설이더라도 계기는 그걸로 충분하지 않나?"

결국, 먹이사슬 최상층에는 단 한 종밖에 살아남을 수 없다. 그것이 오버로드가 되느냐, 워커가 되느냐의 차이일 뿐이었다.

"신의 보옥을 가지고 있습니까?"

"아, 그거 말이냐?"

카이저는 잠시 생각하더니 말했다.

"엠프라도르라고 아나?"

"네?"

"엠프라도르에 있다. 뭐 이 정도면 원하는 질문은 다 한 거냐?"

"네. 좋은 점도 있었네요. 좋은 정보가 많았습니다."

"별말씀을."

평화조약이 끝이 났다. 주황빛은 흔적도 없이 사라졌다. 천화는 두 다리로 일어나 카이저를 쳐다보고 있었다. 타르티스가 옆에서 걱정스러운 눈으로 천화를 바라봤다.

"수많은 워커를 보았지만. 인도자는 역시 다르다는 건가."

카이저가 박수쳤다.

"나를 상대로 가장 오래 버틴 워커는 너다."

평화조약으로 버틴 시간은 3시간이 넘는다. 그 사이에 모두가 도망쳤고, 혼과 호바스, 그리고 엘리아마저 놓쳤다.

이건 패배다.

비록 화합의 인도자를 이곳에서 잡을 수 있겠지만 이건 패배다. 그것이 카이저를 열받게 했다. 하지만 화를 내는 것도 자존심이 상하는 일이었다. 카이저의 머릿속에는 자신에게 패배를 안겨준 앞의 여자를 어떻게 찢어 죽여야 할까만을 생각했다.

"타르티스. 반가웠어."

천화가 타르티스를 향해 웃어 보였다.

"살아나갔으면 좋겠네."

"인도자님."

타르티스는 가만히 천화를 올려보았다. 짧은 시간이었지만 가장 이질적인 화합의 인도자를 만난 타르티스였다. 그러나 싫지는 않았다. 천화는 화합의 인도자 중에 가장 느리고 순했지만 그만큼 자기편을 차곡차곡 만들어 갔다.

서약서 없이 화합하는 화합의 인도자.

천화는 그런 인도자였다.

그래서 그런지 타르티스는 더 정이 들었다. 보통 화합은 챙겨줄 게 없을 만큼 완벽한 논리를 갖춘 사람들뿐이었는데 천화는 그것과는 거리가 먼 순둥이였다.

"곱게는 죽지 않을 겁니다."

"나도 널 곱게 죽일 생각이 없단다."

카이저가 광기 어린 미소를 지었다. 스네일은 뒤에서 숨을 죽이고 있었다. 천화가 아무리 강하더라도 카이저에게 이길 수는 없다. 늑대 무리에서 가장 강한 늑대가 코끼리를 이길 수 없는 것과 같은 이유다.

태생부터가 다르다.

"전신의 계약서."

천화의 말에 타르티스가 얼른 계약서를 만들어 건넸다. 카이저는 가만히 천화가 준비하는 것을 기다렸다.

발버둥 쳐봐라.

발버둥 치는 상대를 굴욕적으로 밟는 것이 순식간에 끝내는 것보다 훨씬 좋은 그림이 나올 것이다.

천화는 전신의 계약서에 사인한 뒤 카이저를 노려봤다.

양손에 들린 용의 무구가 점점 파랗게 변해갔다. 천화는 오로지 카이저의 움직임만을 보고 있었다.

"곱게는 안 죽이신다고요."

"그래, 너의 모든 표정을 보고 싶구나. 화합의 인도자."

"그거 다행이네요."

천화는 불같이 카이저에게로 달려들었다. 천화의 공격을 슬쩍 피한 뒤 그녀의 다리를 후려쳐 잘라내었다. 아무리 천화가 전신의 계약을 했더라도 카이저 앞에서는 그저 조금 빠른 개미 새끼일 뿐이었다.

가지고 노는 건 너무나도 쉽다.

먼저 다리를 다 잘라내고, 피부를 벗긴다. 죽지 않을 정도로만 괴롭히면서 가지고 놀 수 있는 것이 워커였다. 다리를 잘라낸 순간 카이저는 그다음 시나리오를 생각했다. 이제 어떻게 장난을 쳐볼까?

끝까지 살려서 동료의 곁으로 데리고 가는 것도 나쁘지는 않을 것이다.

어차피 도망을 쳤다 한들 스네일만 있다면 따라가는 것은 어려운 일이 아니었다. 그냥 위치를 파악하고 따라가서 죽이면 되니까.

카이저가 그런 생각을 하고 있을 때였다.

천화의 다리가 순식간에 재생되었다. 천화는 마치 예상이라도 했었다는 듯이 멈추지 않고 재생된 다리를 내질렀다.

그렇게 카이저는 순식간에 뚫렸다.

'됐다.'

천화는 그대로 스네일을 향해 달려갔다. 멍하니 서 있던 스네일은 갑자기 살기가 자신을 향한 것을 느끼고 황급히 방패를 꺼냈다.

천화는 최대한 힘을 끌어모아 스네일을 방패를 박살 냈다.

그리고 이어지는 연타.

천화는 스네일의 목을 친 뒤 사지를 전부 잘라냈다. 옷이 잘려나가면서 반짝하고 배꼽 부분에 있는 혈석이 빛났다. 천화는 그것을 놓치지 않고 용의 무구로 두드렸다.

챙!

스네일의 검은 혈석이 박살 났다.

처음부터 노린 것은 이것이었다.

카이저가 곱게 죽이지 않겠다고 했을 때는 기뻐서 춤이라도 출 뻔했다. 그만큼 적이 방심하고 있다는 것이니까. 적어도 한 방에 목을 치지는 않을 테니까.

예상대로 카이저는 다리 하나를 잘라내는 것에서 그쳤다. 팔도 아니고 고작 다리를.

스네일만 죽이면 카이저의 발은 묶인다. 이동능력이 없는 한 도망친 혼을 바로 추격할 수는 없다.

스네일이 문제였다.

스네일이.

그리고 그 스네일은 지금 천화의 손에 죽었다.

"이! 망할 년이!"

스네일의 혈석이 깨지는 것을 본 카이저의 얼굴이 생명체의 범주를 벗어날 정도로 일그러졌다.

처음부터 자신은 안중에도 없었다는 듯이 천화는 뒤로 돌아 웃고 있었다.

한 방 더 얻어맞아 맞아버렸다.

그것도 아주 풀스윙으로 뒤통수를 제대로 찍혔다. 한 상대에게 두 번이나 이렇게 크게 당한 것은 카이저 인생에 처음 있는 일이었다.

애초에 한 번이라도 그에게 빅 엿을 날리는 인간이 있었을까?

천화는 핫팬츠가 되어버린 오른쪽 다리를 힐끗 보았다.

"봐주셔서 고맙네요. 덕분에 해야 할 일을 끝낼 수 있었어요."

카이저는 말을 하지 않았다. 아니, 짜증 나서 말이 나오지 않았다. 저 미친년은 마지막까지 도발하고 있었다.

이제 어차피 도망친 인도자들을 잡으러 갈 수는 없었다.

어차피 이제 천화 밖에 없다.

분풀이 상대는 지금 눈앞의 여자밖에 없는 것이다. 천화는 만족한 듯한 미소를 짓고 있었다. 타르티스는 붕 날아가 천화의 옆에 섰다.

천화는 타르티스의 머리에 손을 올렸다.

"나 잘했지?"

"네, 잘하셨어요."

카이저는 겨우 속을 진정시켰다.

너무 화가 나지만 그래도 화풀이 상대가 있다는 것이 어딘가. 이년을 고문하고 또 고문한 뒤 목숨줄만 붙여서 동료들 앞으로 데려가야겠다. 그리고 그 앞에서 처절하게 동료들을 전부 죽인 뒤 마지막으로 천화를 죽여야겠다.

그 정도는 해줘야 분이 풀릴 것만 같다.

카이저는 생각을 마친 뒤 깊게 숨을 내쉬었다.

"타르티스. 알지? 부탁해."

"네."

천화의 미소에 타르티스가 서약서 하나를 만들었다. 천화는 망설임 없이 서약서에 사인했다. 그리고는 카이저를 향해 말했다.

"이거 미안해서 어쩌죠?"

"뭐?"

"곱게 죽어야겠어요."

카이저의 동공이 확장되었다.

그녀의 말이 무슨 뜻인지 단번에 알아들을 수 있었다. 천화는 용의 무기를 자신의 목으로 가져갔다. 카이저는 재빨리 다리를 움직였다. 그러나 천화는 일말의 망설임도 없이 자신의 목을 자기 손으로 날렸다.

천화의 목이 떨어졌다.

카이저가 움찔하는 사이에 끝이 나버렸다.

카이저의 분풀이 대상은 사라졌다.

마지막까지, 천화는 행복하게 웃고 있었다. 단 한 번도 카이저는 천화의 불행해 하는 표정을 보지 못했다.

세 번째로 얻어맞았다.

완패당했다.

그리고 이제는 다시 복수할 기회조차 사라졌다.

"으아아아아아!"

카이저는 미친 듯이 울부짖었다. 자존심에 너무 큰 상처가 나버렸다. 고작 워커에게 농락당하고, 농락당하다가 결국 끝났다.

카이저는 재빨리 천화의 시체를 향해 뛰어갔다. 시체라도 가져야겠다. 어떻게든 그녀에게 수치심을 주고 싶었다.

그러나 카이저가 천화의 시체에 손을 대는 일은 없었다. 타르티스가 그 앞에 무표정하게 서있다.

고작 천사가 자신의 앞을 막는가.

"꺼져라."

"그럴 수가 없겠네요."

타르티스가 피식 웃었다.

"이건 이제 제거니까."

타르티스의 말이 끝나기가 무섭게 천화의 시체가 떠올랐다.

"여기 서약서."

마지막 서약.

천화가 죽을 경우 그 시체는 타르티스의 소유가 되며 그 누구도 건드릴 수 없다.

서약서를 깨기 위해서는 타르티스를 죽여야만 한다. 그러나 타르티스는 미궁의 시스템인 천사였다. 그 누구도 죽일 수 없다. 그것이 설사 카이저라도 주인이 없어진 타르티스를 죽이고 시체를 강탈해 갈 수는 없다.

타르티스는 공중으로 떠올랐다. 그와 동시에 천화의 시체도 떠올랐다. 카이저는 핏대를 세우고 점점 미궁에서 멀어져가는 타르티스를 쳐다봤다.

"그럼 저는 이만."

끝까지.

끝까지 천화의 손에서 놀아났단 말인가. 단 한 번도 천화보다 앞을 내다보지 못했단 말인가.

카이저의 동공이 붉게 물들었다.

타르티스는 카이저에게서 시선을 떼고 천화의 시체를 쳐다봤다. 타르티스는 떨어진 천화의 목을 다시 원래대로 붙여놓았다.

'미안해요. 인도자님. 이것밖에 해줄 수 없네요.'

시체라도 지키는 일.

타르티스가 할 수 있는 일은 그것뿐이었다. 게다가 천화는 자신을 위해 시체를 지켜달라는 것이 아니었다.

혹시라도 이용되면 혼이 힘들어할 테니까.

결국 끝까지 천화는 자신을 버려가며 살아왔다. 타르티스는 화를 못 이기고 도시를 파괴하는 카이저를 보았다.

"병신."

그 말을 마지막으로 타르티스와 천화의 몸이 사라졌다.

❖

빛이 사라졌다.

혼은 지도에 있는 빛이 사라진 것을 모두와 함께 확인했다. 혹시나 천화가 도망치지는 않을까 생각하고 있던 티아는 파이프를 꺼내 물었다. 뭐라도 하지 않으면 심장이 터져나갈 것만 같았다.

"그래도 각성은 잘 끝났나 보네."

티아가 말했다.

빨리 대화 주제를 바꾸고 싶었다. 여기서 천화의 천자라도 나오면 스트레스에 머리가 폭발할 것만 같았다.

무력감이 너무 컸다.

결국 한 여자아이에게 모든 것을 맡기고 도망친 결과가 이거다. 자신은 살아남고 천화는 죽었다. 티아는 무표정한 혼을 쳐다보고는 바로 시선을 돌렸다.

지금은 눈을 마주치는 것도 힘들다.

"천화야! 아아아아!"

옆에서 니나가 대성통곡을 시작했다. 나인은 머리를 쥐어뜯고 있었고 호바스와 엘리아는 밖으로 나가버렸다.

혼은 멍하니 지도만 보고 있을 뿐이다.

"니나. 시끄러. 네가 뭔데 울어?"

"으아아아앙! 천화가! 천화가!"

"아니까 그만 울라고!"

아르마티아는 니나를 부축해 밖으로 끌고 나갔다. 이제 안에는 한숨 쉬는 양이와 티아, 그리고 혼만 남았다.

혼은 아직도 말이 없었다.

"이제 어떡할 거야?"

"천화가 스네일은 죽였다."

혼이 처음으로 입을 열었다.

스네일이 죽었다는 것은 점수가 들어와서 알 수 있었다. 딱 4성급 오버로드를 죽인 것만큼 들어왔다. 카이저가 죽었을 리는 없으니 스네일이 확실하다. 그 근처에 다른 오버로드도 없었으니 말이다.

"끝까지 목표를 이루었구나. 천화야."

혼이 잡고 있던 지도의 끄트머리가 구겨졌다.

"중요한 건 말입니다. 이길 수 있느냐는 거죠."

양이가 한숨을 내쉬며 말했다.

엘리아가 카이저한테 맥도 못 추는 걸 봤다. 각성한 엘리아가 그렇다면 나머지 두 사람도 비슷하지 않을까? 혼도 예상외로 너무 빨리 깨어났고 호바스도 그렇다. 케서린의 말대로라면 혼은 더 늦게 깨어났어야 하는 거 아닌가.

"이길 수 있다."

혼이 단정 지어 말했다. 자기 힘은 자신이 너무나도 잘 알고 있었다. 지금은 적이 누구라도 질 거 같지 않았다. 아니 질 수 없다.

"확실해?"

"확실하다."

양이는 말을 멈췄다.

혼은 아직 카이저의 위력을 모른다. 얼마나 강해졌는지는 모르지만 카이저를 이기기 위해서는 상상 이상의 힘이 필요했다.

아마 천화를 잃어버려 그의 냉정함에도 금이 가지 않았을까?

양이는 그렇게 생각했다.

하지만 티아는 생각이 달랐다. 혼은 그 언제보다 냉정했다. 가끔 천화와 관련된 일에 흥분하던 인간미까지 전부 사라진 느낌이었다.

'뭔 일이 있던 거야.'

"그럼 우리도 움직이자."

혼이 벌떡 일어났다.

"카이저를 잡으러 간다. 지금 당장."

더 이상 시간을 끌 필요는 없다. 천화가 벌어준 시간으로 준비는 끝났다. 이제 카이저를 죽이는 일만 남았다.

혼은 천막 거둬내며 밖으로 나갔다.

❖

그 시각. 카이저는 홀로 레디포르를 떠나 엠프라도르가 있는 곳까지 가고 있었다.

카이저는 물가로 가 손을 닦았다. 레디포르에서 엠프라도르가 있는 곳까지는 꽤 시간이 걸린다. 스네일이 없어져서 땅굴을 이용할 수도 없다. 결국에는 걸어서 이동해야

했다. 속도를 내면 그래도 얼마 걸리지는 않겠지만 기분은 정말 말할 수 없을 정도로 더러웠다.

카이저는 묵묵히 눈을 감고 걷다가 바닥을 찼다.

분노가 안에서 고여있지 않는다.

카이저는 크게 숨을 토해내다가 옆을 휙 돌아보았다. 나무 위에 다람쥐 한 마리가 도토리를 까먹고 있다.

카이저는 손가락을 튕겨 작은 돌을 다람쥐에게 날렸다.

다람쥐의 머리가 터졌다.

그와 동시에 니나가 퉁퉁 부은 눈으로 소리를 질렀다.

"으아! 터졌다."

"들킨 거야?"

"아니, 그냥 심심해서 죽인 거 같긴 한데 조금 더 봐야 될 거 같은데……."

니나의 노트북에 전송되던 영상이 끊어졌다. 하지만 이윽고 다른 영상이 나타났다.

모든 니나의 소동물, 곤충들은 전부 카이저의 뒤를 졸졸 따라다니고 있었다. 다람쥐나 토끼 같은 것들은 들킬 위험이 있었지만 개미나 파리 같은 것들은 쉽게 발각되지 않을 것이다.

다행히도 카이저는 다람쥐 하나만 터트리고 다시 제 갈 길을 갔다.

니나는 안도의 한숨을 내쉬었다. 뒤에서 가만히 보고 있던 혼은 니나에게 물었다.

"저 길이면 어디지?"

"위치로는 대충 여기."

니나는 지도를 찍어주었다.

"거기서 연결되는 안전지대는 몇 개지?"

"어……, 잠깐만. 이게 그러니까."

니나는 머리를 긁적이며 열심히 손으로 미궁을 그려갔다. 그렇게 한참을 열심히 손으로 그리던 니나는 두 개의 안전지대를 찍었다.

"여기랑 여기야."

"나도 알아. 눈으로 해도 그것보다는 빠르겠다."

혼이 니나에게 면박을 주고는 지도에서 눈을 뗐다.

티아는 괜스레 혼을 노려봤다. 천화의 빈자리가 확실하게 느껴지는 상황이다. 머릿속에 미궁 계산기 같은 걸 넣고 다니는 천화만 있었다면 카이저가 어디를 향하는지는 좀 더 수월하게 알아낼 수 있었을 것이다.

티아는 지금은 이해해야 하는 상황이라고 생각했다. 저 무표정한 얼굴 뒤에 무슨 생각이 있는지는 전혀 알 수 없다.

원정대는 최소인원으로 꾸려졌다.

사람들을 많이 데리고 다녀봤자 나인에게 부담만 될 뿐이었고, 사실상 카이저와 싸울 수 있는 전력은 엘리아, 호바스 그리고 혼뿐이었다. 티아와 양이를 제외한 다른 워커들은 데리고 와봤자 총알받이일 뿐이었다.

혼 일행은 카이저의 이동 경로를 예측하며 그를 어떻게든 잡기 위해 노력하고 있었다.

그러나 생각보다 카이저는 빠르게 움직였다.

니나의 정찰병들이 정보를 제공하고 있었지만 쉽게 반응할 수 없을 정도였다. 카이저의 루트로 보아 혼이 있는 지역으로는 올 생각이 없어 보였다. 카이저의 속도로 보아 아무리 니나가 완벽하게 정보를 제공한다 하더라도 그를 앞질러 갈 수는 없을 듯싶었다.

"나인, 네가 이동할 수 있는 곳에서 카이저와 가장 가까운 곳은 어디야?"

"아마도, 여기쯤이 될 거 같네요."

나인은 카이저에게서 한 3개는 떨어진 안전지대를 찍었다.

혼은 곰곰이 생각했다.

천화는 평화조약으로 모두를 탈출시키고, 거기다가 스네일까지 죽이면서 카이저를 화나게 하였다. 그렇다면 카이저는 그 화를 누군가에게 풀고 싶을 것이다. 그러나 현재 루트로 보아 카이저는 인도자가 있는 곳이 아니라 다른 곳으로 향하는 듯싶었다.

화가 났음에도 인도자를 치러 오지 않는다.

그 말은 그보다 급한 일이 있다는 것이었다.

"카이저가 가는 곳만 알면 어떻게 할 수도 있는데……."

"그거라면 알아낼 수 있을지도 모릅니다."

그때 나인이 말했다.

"아마도……."

"아마도?"

"네, 허풍이 좀 심한 사람이라."

불확실해 보였지만 만약 카이저가 어디로 향하는지만 알아낼 수 있다면 현 문제점을 전부 해소할 수 있었다.

만약이라 하더라도 한번은 가볼 만한 가치가 있었다. 어차피 나인이 아는 곳이라면 순간이동 한 번으로 단번에 갈 수 있지 않던가.

"그럼 거기로 가보자."

"그런데 찾으면 이길 수 있겠어?"

티아가 다시 한 번 물었다.

"당연히 이겨야지!"

엘리아가 뒤에서 소리치며 앞으로 튀어나왔다. 이미 한 번 패배할 뻔한 엘리아로서는 복수전이나 다름없었다. 비록 단 한 합을 겨뤘을 뿐이지만 엘리아로서는 상당히 굴욕적인 결과가 나왔으니 말이다.

"알겠습니다. 그러면 이쪽으로 이동하겠습니다."

나인은 크게 숨을 내쉬며 정신을 가다듬었다. 너무 빠르게 이동해 정신적으로 굉장히 피곤한 상태였다.

그러나 그의 역할은 이동이었다.

나인은 온 정신을 집중해 모든 인원을 이끌고 사라졌다.

❖

카일루스.

레디포르에서 동쪽으로 쭉 오다 보면 도착하는 곳이었다. 여전히 카이저와는 멀었지만 그래도 꽤 많이 가까워진 축에 꼈다.

나인은 도착하자마자 뻗었다.

"아, 여기가 한계입니다. 죄송합니다."

나인이 대자로 누워 헉헉거리고 있었다. 하양이는 고개를 돌리며 지형을 살피고 있었다. 혼은 먼저 지도를 꺼내 자신들의 위치부터 확인했다.

"니나, 카이저는 어딨지?"

"어, 마지막 보고로는 여기쯤 있어."

니나는 지도를 가리켰다.

카일루스에서 서쪽으로 안전지대 5개. 많이 가까워졌다. 꽤 가까운 거리라 카이저가 맘만 먹으면 카이저는 1주일 안에도 이곳 카일루스에 도착할 것이다. 만약 그가 여기를 목표로 한다면 말이다.

그건 조금 더 정보가 모여야 알 수 있었다.

일단은 전장이 될지도 모르는 카일루스를 알아보는 것이 순서였다. 일단 현재 위치는 산 위인 것만 같았다. 구름인지, 안개인지 모를 것이 스산하게 주변을 감싸고 있었다. 시야를 가려 주변을 확실하게 살피는 것은 힘들었다.

그때, 하양이가 말했다.

-뭔가 온다.-

그 말이 끝나기가 무섭게 쿵쿵거리는 소리와 함께 땅이 진동했다.

"뭐야? 지진이야?"

니나가 호들갑을 떨며 외쳤다. 지진은 아니었다. 너무 일정한 박자로 땅이 울리고 있었다. 모두들 전투태세가 되어 있을 때 혼이 시선을 느끼고 몸을 돌렸다.

두 눈동자가 반짝였다.

이윽고 마치 두꺼운 고목과도 같은 무언가가 혼이 서 있는 바로 앞을 찍었다.

손가락이었다.

"오오!"

우렁찬 저음이 심장을 울렸다.

이윽고 그것은 모습을 드러냈다. 아니, 정확하게 말하자면 얼굴을 보였다.

"나인인가!"

나인은 이미 귀를 막고 있었다.

거인은 검은 피부를 가지고 있었다. 붉은 눈과 파인애플과 같은 노란 머리. 크기가 큰 만큼 콧바람의 세기도 엄청나 그가 숨을 쉴 때마다 혼의 머리가 날리고 있었다. 혼은 시선을 빼앗기고 가만히 서 있다가 나인에게 설명을 요구하는 눈빛을 보냈다.

"카일루스의 주인. 아드미르씨입니다."

"카일루스의 주인?"

"네, 혼자 사시거든요."

아드미르는 부담스러운 미소를 지어 보였다.

"반갑다! 나인의 친구들이여!"

NEO MODERN FANTASY STORY & ADVANTURE

네이즈 헌터

Maze Hunter

6

카일루스.

거대한 산과, 거인 한 명이 사는 곳.

처음 나인이 이곳을 방문한 것은 그가 아주 어렸을 때의 일이다. 아드미르를 처음 봤을 때는 오버로드가 분명하다고 생각했다. 그러나 그는 외로움에 지쳐 친구를 기다리는 평범한 아저씨에 불과했다.

덩치와 목소리가 아주 크다는 것만 빼면 말이다.

"아하하하! 요 한동안 보이지 않더니 오랜만이구나. 그래, 어떻게 지냈는지 얘기 좀 들어볼까?"

나인은 아드미르의 앞에 앉아있었다.

정확하게 그의 눈높이와 맞는 산 위. 나인이 이곳으로 순간이동을 탄 것은 우연이 아니라는 것이다. 원래부터 아드미르와 대화를 하기 위해서 이곳을 웨이포인트로 만들어 놓은 곳이었다.

　"하하하."

　나인은 확성기에서 입을 떼고는 뒤쪽에서 대화를 나누고 있는 혼을 쳐다봤다. 혼은 니나의 노트북에서 눈을 뗄 줄 모르고 있었다.

　"많은 일이 있었죠. 정말로 많은 일이……."

　나인은 천화와 있었던 일을 생각하다가 한숨을 내쉬었다.

　"오, 굉장히 안 좋은 일이 있었구나. 나인."

　"그래서 질문이 있어서 왔습니다. 5성급 오버로드에 관한 겁니다."

　"5성급 오버로드? 카이저 말인가? '

　아드미르가 껄껄 웃기 시작했다. 카이저라는 말이 나오자 혼이 몸을 돌려 아드미르에게 다가갔다.

　아드미르의 동공이 움직이는 소리가 들리는 것만 같았다.

　이미 레비아탄과 부동명왕을 보고 온 혼은 아드미르 앞에서도 흔들림이 없었다.

"카이저를 아는군."

"그럼, 그럼. 내가 미궁에서 산 게 몇 년인지 아나?"

"카이저의 본거지도 아나?"

혼이 원하는 정보는 하나였다.

카이저의 본거지.

그곳만 알아내면 사실상 카이저를 찾아다니고 할 필요가 없다. 그저 카이저의 본거지로 쳐들어가 그의 것을 전부 파괴하고, 카이저도 죽이면 되는 일이다. 아드미르는 입술을 씰룩거리다가 침을 튀기며 웃기 시작했다.

"파하하하! 카이저의 본거지? 그걸 왜 알고 싶어?"

혼은 날아오는 침을 열심히 피했다. 주먹만 한 물방울들이 사방에 꽂혔다.

재빨리 방패를 만들어 침 세례를 막은 니나는 코를 틀어막았다. 이상한 냄새가 역하게 나기 시작했다.

"윽, 냄새."

아드미르는 민망한지 볼을 붉히며 다시 말을 이어갔다.

"가서 죽으려고?"

"아니, 카이저를 죽여야지."

"오오오, 굉장한 자신감이네."

아드미르는 양손을 자신의 얼굴 앞으로 가져갔다. 나인은 그 모습을 보자마자 확성기에 대고 소리 질렀다.

"박수 치지 마요!"

"아, 맞아."

아드미르는 손을 내렸다.

"박수치면 돌풍이 붑니다."

나인은 고개를 절래 흔들며 혼에게 설명한 뒤 다시 자리에 앉았다.

"뭐, 그래. 카이저는 죽일 수도 있지. 근데 엠프라도르는 어쩌게?"

"엠프라도르?"

혼이 미간을 찌푸렸다.

"엠프라도르. 몰라?"

"모른다."

"파하하하하!"

다시 침 세례가 쏟아졌다. 잘 피하던 하양이가 한 대 얻어맞고는 혼에게 도와달라는 표정을 지었다. 혼은 가볍게 무시하고는 아드미르를 올려보았다.

"왜 웃지?"

"엠프라도르를 모르면서 본거지를 운운하는 건 아니지 않은가. 난 또 다 알고 그러는 줄 알았지."

"엠프라도르가 뭔지 알려줄 수 있겠나?"

아드미르는 빠르게 고개를 끄덕였다. 대화 상대가 생겨

서 신난 어린아이의 얼굴이다.

"엠프라도르는 카이저의 성이라고 할 수 있지. 거대한 거. 엄청난 거. 장난 아닌 거."

"그렇게 말해서는 감이 오지 않는다."

"뭐, 그렇겠지."

아드미르는 잠시 뜸을 들였다. 더 이상 말하지 않겠다는 것일까. 혼은 다시 나인을 쳐다봤다.

"이거요. 이거."

나인은 잔을 든 것처럼 손 모양을 만들어 입 앞에서 흔들어댔다.

"술이요."

"술?"

"아드미르씨는 점수를 다 술 마시는 데 쓰거든요. 사줘야 할 거 같은데."

혼은 당장 점수상점에 들어가 있는 대로 술을 구입했다.

높이가 1M는 될 거 같은 항아리에 담긴 술 하나에 150점이었다. 그걸 10개 사서 아드미르의 앞에 놓았다.

"오호호, 어떻게 내 맘을 읽었네. 센스 좋아. 센스!"

아드미르는 엄지와 검지로 조심스럽게 항아리를 잡아 한 번에 입에 털어 넣었다. 그렇게 10번을 반복한 뒤에야 다음 말을 이어갔다.

"엠프라도르를 정확하게 말하자면 부화장이라고 할 수 있지. 거기서 카이저 직속 오버로드들이 태어나거든."

"벽에서 태어나는 건?"

"그건 이제 미궁이 만들어내는 오버로드지. 뭐, 대부분은 카이저의 말에 따르겠지만 그것들은 자아가 있거든."

아드미르는 그 이후에도 술을 마시며 계속해서 이야기하기 시작했다.

"그럼 카이저와 엠프라도르를 만든 건?"

"질문이 잘못되었네. 작은 친구."

아드미르가 씩 웃었다.

"카이저를 만든 건 엠프라도르야. 카이저도 결국 바지사장이지. 왕인 척 엄청나게 까불고 다니지만."

옹기종기 모여 엘리아의 노트북을 보고 있던 모든 일행들의 시선이 아드미르에게로 꽂혔다.

아드미르는 갑자기 시선이 몰리자 쑥스러운 듯 머리를 긁적였다.

"이거, 이거. 내가 뭐 이상한 말이라도 했나?"

이상한 말이 아니라 상상도 못 한 말을 내뱉어서 그러하다.

아드미르의 말대로라면 결국 이 미궁 오버로드의 정점은 엠프라도르라는 뜻이 된다. 카이저가 아무리 날고 기어봤자 결국 엠프라도르가 만들어낸 병사에 불과하다는 것이다.

그렇다면 자연스럽게 신의 보옥이 어딨는 건지도 예측할 수 있었다.

아마, 아니 거의 확실하게 엠프라도르에게 있을 것이다. 그것을 죽여야 나오는 건지, 혹은 그것이 가지고 있는 건지는 확실하지 않지만 그럴 것이다.

"그래서 그 본거지가 어딘데?"

"안 말할래."

아드미르가 새침하게 말했다.

아니, 그 덩치에 새침한 표정이라니, 좀 너무한 거 아닌가. 처음으로 혼의 얼굴에 짜증이라는 단어가 올라왔다. 하지만 아쉬운 쪽은 혼이었다. 최대한 어르고 달래서라도 엠프라도르가 어딨는지를 알아내야 한다.

"술은 살 수 있는 만큼 사주지."

"말하면 바로 떠날 거 아닌가?"

아드미르는 고개를 절래 흔들었다.

"그건 싫구먼. 오랜만에 나인이도 왔는데 말이야."

"나인이는 주고 가지."

혼은 빠르게 나인을 버렸다. 나인은 얼굴이 파래져서 말했다.

"지, 진짜는 아니……."

"파하하하! 그러지 말고 같이 밥이나 먹자고. 내가 대접하지."

아드미르는 앞으로 성큼성큼 걸어가기 시작했다. 대화를 하는 동안 해가 떠서 안개는 사라진 뒤였다.

"나갈 수 있는 거냐?"

혼이 나인에게 살짝 물었다.

누가 봐도 미궁의 입구는 아드미르의 발 하나 들어갈 정도의 넓이밖에는 되지 않았다. 벽은 그래도 아드미르의 턱까지는 올라왔다. 넘어다니지도, 그렇다고 미궁의 벽을 전부 부수면서 걸어 다닐 수도 없었다.

"그게, 아드미르씨는 미궁의 벽이 없는 것처럼 이동해요."

혼은 예전에 보았던 거대한 거북이를 떠올렸다. 그것처럼 크기가 너무 큰 생명체들은 벽에 영향을 받지 않는 것이다.

나인의 말대로 아드미르는 자연스럽게 벽을 뚫고 걸어나가기 시작했다.

혼은 한숨을 쉰 뒤 머리를 긁적였다.

-그냥 죽이죠?-

"승산은 얼마나 된다고 보냐?"

-부동명왕급은 되지 않을까요?-

"그래?"

혼은 인상을 쓰며 아직도 선명하게 보이는 아드미르의 등을 바라봤다.

"난 그것보다는 저게 더 강할 거 같은데."

압도할 수 있다면 무력을 쓰는 것도 방법이 될 수 있었다. 그러나 압도할 수 없다면 결국 둘 다 치명상을 입던가, 어느 한쪽은 죽어야 싸움이 끝날 것이다. 그렇다면 정보는 절대로 얻을 수 없다.

"비위 맞춰야지."

혼은 다시 니나에게로 갔다. 니나는 하양이를 씻겨주고 있었다. 혼은 하양이의 옆에서 코를 막았다.

"뭔 냄새냐?"

-닥쳐.-

하양이는 그렇게 반문한 뒤 털을 털었다.

그날 저녁.

아드미르는 어디서 구해왔는지 자기 몸뚱어리만 한 멧돼지를 잡아왔다. 말이 멧돼지지 철갑을 두루고 있는, 그리고 배에 검은 혈석이 떡하니 박혀있는 오버로드였다. 아드미르는 그것을 내려놓더니 허리춤에서 박도를 꺼내 살을 베어내기 시작했다.

"혈석만 부수지 않으면 먹을 수 있지. 이놈들은 재생도 돼서 계속 먹을 수 있다고. 파하하하!"

"저거인 머리 진짜 좋은데?"

호바스가 낄낄거리며 말했다.

저걸 머리가 좋다고 해야 할까. 아드미르는 멧돼지의 살코기를 베어내어 한 점 크게 산 위로 올려주었다.

침 냄새가 가시니까 피 냄새가 진동하기 시작했다. 혼은 나무 10개에 걸쳐있는 거대한 고깃덩이를 보며 한숨을 내쉬었다.

"파하하하! 알아서 잘라 먹으라고."

"제, 제가 자를게요."

나인이 눈치를 보며 검을 빼 들었다. 나인이 끙끙거리며 고기를 썰고 있을 동안 티아와 양이는 불을 피우기 시작했다. 엘리아는 입을 삐죽 내밀고 나무에 기대어 서 있었다.

"루시오랑 헥터가 이런 건 잘하는데."

엘리아는 그렇게 중얼거리다 혼의 옆에 와서 섰다.

"그래서 그 카이저라는 놈은 언제 잡으러 갈 거야?"

"저 거인이 말해주면."

"족쳐서 알아내자."

-맞아요! 맞아요!-

뇌 속의 무언가가 결여된 두 여자가 시끄럽게 떠들기 시작했다. 혼은 엘리아의 머리에 슬쩍 손을 올린 뒤 아드미르를 향해 걸어갔다. 그리고는 절벽에 걸터앉아 입을 열었다,

"빨리 말해줬으면 좋겠다. 엠프라도르가 어디 있는지."

아드미르는 먹기 좋게 고기를 자르다가 혼을 쳐다봤다.

"죽으러 가는 놈 말릴 수는 없다만, 내가 알려줄 수는 없는 거 아닌가. 내 책임이 된다고. 이 아저씨는 마음이 여려서 그런 건 못해."

치이익하고 고기 구워지는 소리가 났다.

혼은 니나의 노트북을 들고 와 실시간으로 올라오는 보고를 확인했다. 카이저는 계속해서 이동 중이었다. 하루 만에 꽤 많이 이동한 듯싶었다. 이대로라면 카이저가 엠프라도르에 먼저 도착한다.

혼은 잠시 생각하다가 말했다.

"그럼 한 판 붙어보지."

"응?"

아드미라그 귀를 파고는 얼굴을 들이밀었다.

"작아서 못 들었다. 다시 한 번."

"그럼 한 번 싸워보지. 자살하러 가는 게 아니면 되는 거 아닌가?"

-그겁니다! 죽입시다!-

"죽이는 거 말고."

리첼리아가 깔깔거리는 소리가 뇌를 울렸다. 각성한 뒤 제대로 싸울 기회가 없어 몸이 근질근질하던 리첼리아였다.

"지금 나랑 싸우자는 건가?"

"그렇다."

"파하하하하!"

아드미르가 배를 잡고 웃기 시작했다.

"그래, 그래. 그것도 좋지. 나를 못 이기면 엠프라도르 한테는 무조건 질 테니까. 그래, 그래. 한 번 해보자."

아드미르는 생각외로 빠르게 승낙했다. 무력으로 협박이 아닌 호바스처럼 승부를 겨루자는 것이다. 혼이 자신의 실력을 증명하면 아드미르도 혼을 말릴 명분이 사라진다. 승부의 룰을 제대로 정하면 쉽게 정보를 얻을 수 있을지도 모른다.

"일단 밥부터 먹고."

아드미르는 그렇게 말하며 반쯤 구워진 고기를 씹기 시작했다.

"자, 그럼 룰을 설명해드리겠습니다!"

호바스의 옆에 선 제피스차가 고래고래 소리를 지르고 있었다. 절벽 밑에는 혼이 리첼리아와 함께 서 있었다. 아드미르는 귀를 후비며 귀찮다는 듯이 혼을 내려보았다.

"만약 죽음의 인도자가 거인 아드미르를 상대로 2번의 다운을 뺏어내면 혼의 승리가 됩니다. 반대로 혼이 2번의 다운을 뺏기 전 더 이상 싸울 수 없는 상태가 되면 아드미르의 승리가 됩니다! 혼이 승리할 경우 아드미르는 알고 있는 모든 정보를 말해줘야 하며 아드미르가 승리할 경우 혼은 아무런 정보를 얻을 수 없고, 술 100 항아리를 사야 합니다! 다 아셨습니까?"

"오! 알겠다."

아드미르의 대답만 들려왔다.

호바스는 흥미진진하게 혼을 쳐다봤다. 엘리아의 강함은 대련을 통해 확인했다. 그러나 혼이 얼마나 강해졌는지는 아직 본 적이 없었다.

"이겨줘야 할 텐데."

티아가 호바스의 옆으로 오며 중얼거렸다.

아드미르를 상대로 2번의 다운도 뺏어 내지 못한다면 굉장히 실망스러울 것이다. 적어도 눈에 띄는 강함을 보여줘야 한다. 카이저의 실력을 본 적이 있는 티아로서는 혼이 그 이상을 보여주기를 원했다.

"힘들 거 같은데."

나인이 뒤에서 초 치는 소리를 하고 앉아있었다.

"그렇게 강해?"

"그게, 워커가 이길 수 없을 정도죠. 얌전하게 있기는 하지만 몇천 년은 생존하신 분이니……."

사실 아드미르의 실력에 나인도 확신은 없다. 그러나 모든 오버로드들은 아드미르를 피했다. 그건 카이저도 마찬가지일 것이다.

"아무리 각성을 했어도……."

"야, 만남이."

엘리아가 나인의 뒤통수를 후려쳤다.

"불길한 소리 좀 하지 마!"

"아야야."

나인은 머리를 쓰다듬으며 시선을 아드미르에게로 옮겼다.

아드미르는 혼을 내려보기 위해 허리를 약간 숙이고 있었다.

"나에게서 2번 다운이라. 너무 힘든 거 아니야? 한 번으로 해줄까? 파하하하!"

아드미르는 배를 잡고 웃기 시작했다. 혼은 고개를 갸웃하고는 확성기를 들었다.

"안 그러면 인정 안 할 거 같은데."

"아니지, 아니지. 한 번이라도 인정해야지. 인정하고말고!"

"그래?"

혼은 확성기를 집어 던지고는 다리에 힘을 넣었다. 그리고는 리첼리아에게 말했다.

"일루미나, 종말의 장갑."

"네!"

리첼리아가 하얀빛으로 변해 혼의 손을 감쌌다. 그러자 검붉은 색의 건틀릿이 생겨났다. 혼은 땅에 균열을 일으키며 뛰어올랐다.

그때까지도 아드미르는 고개를 숙이고 웃고 있었다. 혼은 아드미르의 이마로 날아가 주먹을 뻗었다.

-종말의 강타-

혼의 주먹이 아드미르의 이마를 때림과 동시에 아드미르의 허리가 꺾였다. 산 만한 거구가 붕 떠서 공중으로 올라가는 광경은 그야말로 장관이었다. 몸집이 큰 만큼 뒤로 넘어가는 데에도 상당한 시간이 걸렸다.

쿵!

아드미르의 등이 땅에 닿았다.

혼은 손을 털며 종말의 장갑을 없앴다.

"이건 쓸게 못되네."

혼은 혈석을 꺼내 씹었다. 끝없이 단련한 팔임에도 뼈가 완전히 부러졌다. 리첼리아는 기분이 좋은 듯 공중을 날아다니며 웃었다.

천의 무기 일루미나.

그동안은 창이다, 칼이다 해서 형태에 집착했었다.

그러나 알고 보면 리첼리아가 변할 수 있는 무기는 수도 없이 많았다. 한 번 강력한 일격을 날릴 수 있는 종말의 장갑. 독 인간이 될 수 있는 구슬. 원하는 것만 베게 해주는 검. 조금만 익숙해지면 실제 전투에서 아주 유용하게 쓸 수 있는 것들이었다.

혼은 눈을 껌뻑이며 누워있는 아드미르의 옆으로 갔다.

"한 번 다운이다. 아까 분명히 한 번 다운으로도……."

"인정 못 해!"

아드미르가 상체를 일으키며 외쳤다. 워커들은 전부 귀를 막았다. 혼은 피식 웃으며 확성기를 소환해 말했다.

"아까는 인정한다며?"

"기습은 좀 아니잖아!"

"뭐, 내가 양보해서 2번으로 해줬으니 고마운 줄 알라고."

어차피 이렇게 이기는 것보다 한 번 제대로 싸워보는 것도 나쁘지 않다. 엠프라도르나 카이저의 예행연습 정도는 충분히 될 것이다. 게다가 목숨을 건 승부도 아니니 위험할 것도 없다.

아주 좋은 기회가 아닌가.

현실 세계에서 힘을 실험해 볼.

아드미르는 제대로 해볼 생각인지 자세를 잡기 본격적으로 자세를 잡기 시작했다. 그리고는 주먹에 애꿎은 바닥에 꽂았다. 혼은 고개를 갸웃하며 섣불리 움직이지 않았다. 그리고 그 순간 땅이 솟아나며 주먹 모양으로 바뀌었다.

주먹은 순식간에 늘어나 혼의 주변을 포위했다. 도저히 빠져나갈 수가 없는 상황. 아드미르는 대지의 주먹으로 혼을 붙잡아 포기시킬 생각이었다.

혼은 가만히 주변을 둘러보다가 말했다.

"죽음의 검. 데스 스토커."

회색의 음침한 검이 혼의 손에 들렸다. 혼은 정신을 집중했다. 모든 것을 벨 수 있는 절삭력을 가지고 있는

데스 스토커에다가 사신의 힘을 담는다. 혼은 자신을 향해 달려드는 대지의 주먹을 모두 베어냈다.

그리고는 아드미르의 코앞으로 달려갔다.

죽인다.

혼은 그 순간만큼은 한 치의 망설임도 없이 아드미르를 죽이겠다고 생각했다.

혼이 뿜어내는 살기는 진짜였다. 그만큼 간절함이 나왔을 수도 있다. 무조건 엠프라도르를 제거하고 신의 보옥을 손에 넣어야 한다.

아드미르는 혼이 눈앞에 나타나자 당황한 표정을 지었다.

이윽고 그 표정은 순간 두려움으로 바뀌었다. 수백 년을 넘게 살아온 아드미르가 죽음을 겁낸 것이다.

죽음의 인도자.

그는 정말 죽음의 형상을 하고 있었다.

아드미르는 뒷걸음질 치다가 중심을 잃고 엉덩방아를 찧었다.

"흐이익!"

아드미르를 두 눈을 꼭 감았다. 이윽고 차분하게 식은 혼의 목소리가 들렸다.

"자, 두 번 다운이다."

아드미르는 멍하니 혼을 쳐다볼 뿐이었다. 사신은 온데 간데없었고 그저 작은 워커 하나만 서 있을 뿐이다.

"그럼 이제 약속을 지키러 갈까?"

❖

"엠프라도르는 엔드라스에 있다."

"엔드라스 찾아봐."

혼의 말에 나인과 니나가 열심히 책을 뒤지며 엔드라스 라는 곳이 어딘지를 찾아보고 있었다.

"무슨 놈의 워커가 그리 강한가?"

아드미르는 눈을 반짝이며 혼을 쳐다봤다.

그는 기록이 없는 그 옛날부터 존재했다. 아드미르를 적으로 인식하고 덤빈 워커들도 그동안 숱하게 많았다. 한 가닥 하는 놈들이었지만 아드미르 입장에서는 그저 시끄러운 꼬마들일 뿐이었다.

"물론 내가 최선을 다했다면 네가 먼저 큰일 났겠지만. 파하하하!"

혼은 아무 말 하지 않았다. 실제로 혼이 아드미르에게 가한 공격은 전부 일격 필살기라고 할 수 있었다. 기세로 눌렀지만 현실은 어떨지 모른다.

"찾았습니다."

나인이 동그라미가 표시된 지도를 가지고 왔다.

"이곳입니다."

"카이저는 어디로 가고 있어?"

"거기로 가고 있는 거 같아."

니나가 보고서를 훑어보며 말했다.

엠프라도르가 있는 곳으로 카이저는 바로 직행하고 있는 것으로 보였다. 하루 만에 또 많은 거리를 이동했다.

"정보 고마웠다."

혼은 자리에서 일어났다. 아드미르는 입맛을 다셨다. 헤어짐이 아쉬웠지만 그렇다고 계속해서 잡아둘 수는 없는 일이었다. 아드미르는 손바닥을 보였다. 혼의 시야에 손바닥이 가득 찼다.

"살아 돌아오기를 기대하지."

"살아도 돌아올 거 같지는 않은데 말이야."

혼은 그렇게 씩 웃으며 뒤로 돌았다.

NEO MODERN FANTASY STORY & ADVANTURE

메이즈
헌터

7

Maze Hunter

7

엔드라스.

그 무엇도 살지 않는 땅. 엠프라도르가 에너지를 전부 빨아들여 땅은 검게 죽어버렸다. 엠프라도르는 숨을 쉬는 듯 살짝 부풀었다 줄기를 반복할 뿐이었다.

그 땅에 카이저가 들어섰다.

"어라라라라. 카이저님 왜 혼자십니까요?"

엔드라스의 입구에서 한 노인이 뛰어나왔다. 카이저는 노인을 힐끗 보고는 고개를 돌렸다.

"쓰레기들은 버리고 왔으니까. 필요 없는 것들은 자리만 차지할 뿐이지."

"그래서 전멸이었습니까? 끼히히히."

노인의 웃음소리에 카이저가 눈살을 찌푸렸다.

노인은 엔드라스의 문지기였다. 원정에도 참가하지 않고 몇십 년을 문지기만 해온 오버로드.

웃음소리가 기분 나쁜 노인이었다.

"전멸이라니? 전력의 90%는 살아오지 않았나?"

카이저가 능청스럽게 말했다.

"아, 그건 그렇군요. 끼히히히."

"워커들이 곧 올 수도 있다."

"워커들이요?"

"그래. 최대한 지옥을 보여줘라."

"네이, 네이."

노인은 고개를 푹 숙이며 말했다. 지금까지 노인은 엔드라스를 향해 오는 워커들을 전부 잡아먹었다. 3성급이었지만, 노인의 능력은 특별했다. 이번에오는 인도자들도 노인을 쉽게 뚫을 수는 없으리라.

카이저는 그런 노인을 뒤로하고 안으로 들어갔다.

카이저는 변함없이 썩은 내가 나는 엠프라도르의 근처로 발걸음을 옮겼다. 이미 이 땅의 에너지도 바닥이 난 듯싶었다. 카이저는 엠프라도르의 옆에 가 섰다. 엠프라도르는 죽은 듯이 호흡할 뿐이었다.

"알아서 와주는 거 같구나."

카이저는 이를 바득바득 갈았다.

혼 일행의 움직임은 카이저도 훤히 보고 있었다. 그들은 엔드라스를 목표로 최단거리를 주파하고 있었다.

그것도 카이저를 노리고.

실수로 엔드라스로 왔던 워커들은 있지만 엔드라스에 누가 있는지 알면서 오는 놈들은 그들이 처음이었다.

카이저는 어이가 없었다. 화합의 인도자도 정상은 아니었다. 자신에게 덤비는 워커가 있다는 것자체가 이해할 수 없는 일이었다.

모두 정리하면 끝이다.

"남은 에너지가……."

카이저는 남은 에너지를 확인했다. 그래도 3성급 오버로드는 꽤 많이 만들어낼 수 있었다. 그러나 카이저는 혼 일행을 3성급으로는 막을 수 없다는 사실을 잘 알고 있었다. 그렇다면 차라리 자신을 위한 무기를 만드는 편이 더 낫다.

카이저는 엠프라도르 안으로 손을 집어넣었다. 꿀렁거리는 소리와 함께 엠프라도르가 요동치기 시작했다.

"크으윽."

카이저는 살짝 신음을 뱉었다. 엠프라도르가 카이저에게 딱 맞는 무기를 만들기 위해 카이저의 팔을 분해하고

분석하고 있었다. 덕분에 굉장히 고통스러웠지만 카이저
는 천화가 지키려던 인도자들을 죽일 생각에 미소를 지었
다.

'이제 곧. 끝난다.'

카이저는 그렇게 생각하며 고통을 인내했다.

❖

혼 일행은 엔드라스까지 쉬지 않고 이동했다.

혼은 말이 없었다. 카이저가 엔드라스에 들어가서 나오
지 않는다는 말을 들은 이후부터 혼은 계속해서 걸을 뿐
이었다. 덕분에 분위기는 점점 싸해졌다. 피곤한 것도 피
곤한 것이었지만 혼이 풍기는 분위기가 숨 막히게 하였
다.

엔드라스.

2주일을 꼬박 걸어 도착한 곳이었다.

가까워질수록 점점 땅이 메말라 가는 것이 느껴졌다.
생기 없는 딱딱함이 신발을 뚫고 들어오는 것이 느껴졌
다.

"후, 이제 시작인가?"

엔드라스를 앞에 두고 호바스가 마음을 다잡았다.

"들어가자."

"너희들이 카이저님이 말한 인도자인가? 끼히히히."

얇은 모기 같은 목소리. 듣기만 해도 짜증 나는 목소리의 노인이 걸어오고 있었다.

지팡이를 잡고, 꼽추처럼 굽어진 등을 가진 작은 노인. 도저히 엔드라스에 사는 오버로드나, 혹은 워커라고 볼 수 없는 외형이었다. 그러나 외형으로 판단하면 안 된다는 것은 미궁의 기본적인 상식이다.

"제대로 오긴 했나 보네."

혼이 말했다.

카이저님이라고 하는 걸 보면 엔드라스가 확실히 카이저의 본거지는 맞는 모양이었다.

그러면 됐다.

혼은 안으로 들어가기 위해 앞으로 성큼 걸어갔다.

"어허이! 어허이! 지금 들어오면 큰~일 나. 큰일."

노인은 낄낄거리며 웃었다. 그리고는 바닥을 가리켰다. 바닥에는 붉은색 선이 선명하게 그어져 있었다. 노인은 그것을 가리키며 말했다.

"이 선만 넘어봐. 저~기 멀리 날아갈 테니까. 끼히히."

선은 어느새 동그랗게 혼 일행을 감싸고 있었다. 혼은 대수롭지 않다는 듯이 호바스에게 말했다.

"호바스, 저 선을 없애……."

혼은 호바스에게 선을 없애라고 할 생각이었다. 분쟁의 인도자인 호바스는 상대에게 승부를 걸어 승리할 경우 뭐든 요구할 수 있었다. 저 노인이 만든 선이라면 저 노인이 없앨 수 있을터.

"자! 그럼 선을 없애는 방법을 알려주지!"

노인이 혼의 말을 끊었다.

기껏 들어올 수 없는 선을 만들어놓고 없애는 방법을 알려주겠다? 혼은 의심스럽게 노인을 쳐다봤다.

"나와 도박을 해서 이기면 선을 없애주지."

"그거 재밌겠네."

호바스가 앞으로 튀어나왔다. 호바스의 얼굴에는 자신감이 가득 차 있었다. 노인은 낄낄거리며 살쾡이 같은 눈으로 호바스를 올려보다가 말을 이어갔다.

"모두 참가해서 이긴 사람만 선을 넘어갈 수……."

"아니, 나 혼자 한다. 제피스차."

호바스가 미소와 함께 말했다.

"승부 준비해."

"알겠습니다."

제피스차가 등장함과 동시에 노인의 얼굴이 굳어졌다. 하지만 이내 밝게 웃었다. 어차피 이 도박은 무조건 자신이 이긴다고 노인은 생각했다.

제피스차는 손가락을 말을 이어갔다.

"이쪽의 제안은 이렇습니다. 도박은 그쪽에서 제안하는 거로 하겠습니다. 다만 일절 사기 행위는 없어야 합니다. 호바스가 승리할 경우 선을 전부 없애고, 상대는 앞으로 무엇하나 방해되는 행동을 해서는 안 된다. 그쪽의 제안은……."

"끼히히히. 제안이라고 할 것까지 있나? 너 이 도박이 뭘 걸고 하는 건지나 알고 그런 건가?"

"글쎄?"

호바스가 고개를 갸웃하며 말했다.

"뭐든 상관없을 거 같은데."

"나이."

노인은 그렇게 말한 뒤 사악하게 미소 지었다.

나이를 걸고 하는 도박.

"참고로 나에게 남은 나이는 700년이다."

지금까지 노인이 따낸 나이는 어마어마했다. 자신이 언제 태어났는지조차 기억할 수 없을 만큼, 노화가 느린 오버로드가 완전 꼬부랑 할아버지가 될 정도로 그는 오래 살았다. 그것은 도박으로 워커들의 나이를 계속해서 먹어 치웠기 때문이다.

"호, 흥미롭네."

호바스는 아무렇지 않다는 듯이 턱을 문질렀다. 노인은 낄낄거리며 웃다가 말을 이어갔다.

"간단, 간단한 도박을 하자고. 자."

노인은 막대기 5개를 던졌다. 그곳에는 막대기마다 끝에 1에서부터 5까지의 숫자가 하나씩 적혀 있었다. 호바스는 막대기를 받아들었다. 노인은 같은 막대기를 통에 넣은 뒤 말했다.

"일단 하나를 뽑는다. 그리고 남아있는 막대기 중 무작위로 뽑은 2개를 서로 오픈하며 교환. 그 시점에서 배팅한다. 그리고 배팅이 끝나면 다시 막대기를 뽑는다. 두 숫자를 합쳐서 더 높은 쪽이 이긴다. 어때? 쉽지."

요약하자면 3가지 단계(Phase)로 나눌 수 있다.

첫 번째, 먼저 랜덤하게 숫자를 하나 뽑아 확인하는 First Draw Phase.

두 번째, 각자의 통에서 2개씩 숫자를 뽑아 서로에게 보여준 뒤 맞바꾸는 Trade Phase.

세 번째, 배팅한 뒤 승부를 가르는 Second Draw Phase.

"쓸데없이 머리 쓰지 않아도 돼서 좋군."

혼은 호바스의 말에 인상을 찌푸렸다.

차라리 전투나, 달리기. 이런 뭔가 실력이 개입하는 승부라면 호바스는 믿을 수 있는 카드였다. 그러나 운이라니. 운은 모두에게 평등한 것이 아니던가. 타고난 승부사인 호바스는 만족스러운 표정을 짓고 있었지만 뭐든지 완벽해야 하는 혼 입장에서는 별로 좋은 상황이 아니었다.

"어떻게 하려고 하는 건가?"

혼이 호바스에게 물었다.

표정은 무표정했지만 티아는 혼의 심기가 불편하다는 것을 눈치챌 수 있었다. 왜냐하면 자기 자신도 호바스의 돌발행동에 상당히 화가 났기 때문이다.

고작 운에 대업을 맡긴다.

호바스의 기행이 여기서 나쁜 쪽으로 튀어버린 것이다.

"이기면 되지. 이기면."

호바스는 어깨를 으쓱하며 말했다.

"그게 맘대로 이길 수 있는 상황이 아니잖아! 어후."

티아는 미간을 짚으며 고개를 절래 흔들었다. 양이는 호바스를 가만히 노려보다가 한숨을 쉬며 일어났다.

"이렇게 된 이상 믿는 수밖에 없습니다."

양이는 호바스의 어깨를 두드렸다.

"이겨라."

"무조건 이겨."

호바스는 그렇게 말하며 노인의 앞에 가서 섰다.

"내 이름은 나익스다. 그쪽은?"

"호바스. 인류 최강의 승부사다."

"끼히히히. 자 이제 이걸 봐라. 이게 너의 남은 수명이다."

나익스는 구슬을 공중으로 날렸다. 구슬 속 호바스라는 이름 아래에는 105라는 숫자가 적혀있었다. 반대로 나익스의 수명은 700였다.

절대적으로 판돈이 부족하다.

나익스는 낄낄거리며 보다가 말했다.

"재밌어. 재밌어. 기본은 어떻게 할까?"

"100년."

"뭐? 시방 뭐라고 한거여?"

"100년."

나익스는 마치 병신을 보듯 호바스를 쳐다봤다. 자기 수명이 105년. 물론 엄청나게 높은 숫자다. 기본적으로 25살은 넘은 호바스에게 남은 수명치고는 상상 이상으로 높다.

그러나 결국 105년이다.

100년이 기본이면 한판 지는 순간 호바스는 거의 죽게 되는 것이다.

반대로 나익스의 경우에는 7판을 내리 지지 않는 한지지 않는다. 호바스의 말에 니나와 티아, 그리고 나인이 경악했다.

"잠깐, 잠깐. 야! 맥시멈이 아니라 기본! 기본!"

티아가 화가 나서 외쳤다.

호바스는 어깨를 으쓱하며 말했다.

"그래, 기본. 스릴 있는 게 좋잖아."

"끼히히히히히히. 뭘 좀 아네. 그래. 기본 100이다. 그럼 하나씩 뽑아볼까?"

공정성을 위해 막대기는 제피스차가 뽑았다. 제피스차는 무표정하게 컵을 흔들었다. 혼은 옆에서 기도하고 있는 니나를 쳐다봤다. 여기서 지면 꼼짝없이 이 수명대결을 남은 사람도 참가해야 하는 것이었다.

제피스차는 컵에서 막대기를 하나씩 뽑아 나익스와 호바스에게 나누어주었다.

나익스는 천천히 자신의 숫자를 확인했다.

숫자는 4.

5가 가장 높은 숫자인 이 게임에서 4라는 숫자는 엄청난 것이었다. 나익스는 도박꾼답게 표정을 숨기고 호바스를 쳐다봤다. 호바스또한 무표정하게 자신의 패를 보고 있을 뿐이었다.

"그럼 두 개씩 랜덤하게 뽑아 교환하겠습니다."

제피스차는 먼저 나익스의 막대기 두 개를 뽑았다.

나온 숫자는 2와 3이었다.

"아……."

티아가 작게 탄성을 뱉었다. 여기서 만약 5와 4가 나와 줬다면 승리를 예측할 수도 있었다. 그 뜻은 상대가 5나 4 를 뽑지 못했다는 것과 동시에 이쪽이 두 번째 뽑기에서 5나 4를 뽑을 확률이 올라가는 것이기 때문이다.

"끼히히히. 애매하구먼."

"그러게 말이다."

호바스는 고개를 갸웃했다. 제피스차는 이어서 호바스 의 막대기를 뽑았다.

막대기가 등장하자마자 니나가 소리를 질렀다.

"안 돼!"

4와 5가 나왔다.

나익스는 포커페이스를 풀었다. 그래도 되는 상황이었 다. 어차피 기본으로 내건 것은 100년이라는 수명. 게다 가 상대는 4나 5를 가지고 있지 않다는 것이 확정되었다.

또한, 이제 4나 5를 뽑을 수도 없다.

호바스가 뽑은, 혹은 뽑을 수 있는 숫자는 1이 하나, 2 가 두 개, 3이 두 개.

즉 호바스가 받을 수 있는 가장 높은 숫자는 3을 두 개

뽑아 얻는 6이었다. 이미 4를 뽑아놓은 상황.

나익스의 통에는 1이 하나, 4가 하나, 그리고 5가 두 개 들어있었다.

상대가 최고로 높은 숫자를 뽑고, 나익스가 최고로 낮은 숫자를 뽑아야만 패배하는 상황. 확률적으로 호바스가 이길 확률은 고작 1.25%.

이겼다.

나익스는 그렇게 확신했다.

호바스는 투덜거리며 말했다.

"배팅해야 하지? 그쪽이 먼저 해라."

호바스가 나익스에게 턱짓을 하며 말했다. 나익스는 곰곰이 생각하는 척했다. 여기서 10년이라도 더 뜯어내고 싶었다. 비록 호바스는 이미 올인 한 상태지만 남은 5년까지 싹싹 긁어먹고 싶은 것이 나익스의 마음이었다.

"그럼 5년을 올리지."

"에이."

호바스가 고개를 절래 흔들었다.

그래, 죽는 게 맞다. 죽어야 한다. 혼도 이번에는 운이 좋지 않았지만 게임의 특성상 다음 판을 기약하면 된다. 수명을 빌려서라도 계속 게임을 할 수 있다면 지금은 죽어야 한다.

"왜? 무섭나? 그럼 죽어야지. 끼히히히."

"500년 추가로 걸지."

호바스가 당당하게 말했다.

"그래, 쫄리면 뒈져야……뭐?"

나익스가 눈을 번쩍 뜨며 말했다.

"여기 우리 친구들 수명까지 다해서 500년. 어때? 뭐 모자라지는 않지?"

"야!"

티아가 버럭 소리 질렀다.

"누가 빌려준 데?!"

니나는 얼굴이 창백해져 있었고, 나인은 상황이 어떻게 돌아가는 건지 잘 이해를 못 하는 듯 보였다.

양이는 예상했다는 듯이 고개를 끄덕였다.

나익스는 혼란에 빠졌다.

이 미친놈이 지금 뭐라고 한 것일까?

분명히 자기 통에서 4와 5가 사라지는 것을 봤을 것이다. 그건 이미 나익스의 통 안에 들어있다. 그럼 가지고 있는 숫자가 아무리 높아도 3이라는 것. 또 3을 뽑아도 나익스가 3/4 확률로 승리한다.

그런데 이놈은 왜 이렇게 자신만만한가.

설마 사기?

아니, 그럴리는 없다. 분쟁의 인도자는 솔직하다. 게임의 룰에 사기는 절대 금한다는 조항을 넣었다면 자기 자신도 사기를 칠 수 없다.

단순히 미친놈인가?

긴장감 있는 대결을 하면서 오르가슴이라도 느끼는 변태인가?

호바스는 멀뚱멀뚱 생각하는 나익스에게 말했다.

"왜 그래? 겁먹었어? 쫄리나?"

호바스가 앞으로 성큼성큼 걸어가 나익스를 압박하기 시작했다.

뭔가가 잘못되었다. 협박하는 쪽은 호바스가 아니라 나익스 쪽이 되어야만 한다. 지금 절박함으로 보나, 확률적으로 보나 나익스가 위에 있어야만 한다.

나익스는 생각을 가다듬고는 호바스의 도발에 낄낄거리며 웃기 시작했다.

"그래, 그래. 해보자. 코~올."

나익스가 말하자 제피스차가 진행을 시작했다. 니나는 고개를 절래 흔들며 손으로 얼굴을 가렸다.

이 이상 승부를 보고 있을 정도로 니나는 강심장이 아니었다.

먼저 호바스가 막대기를 받았다. 호바스는 무표정하게

막대기를 받아들고는 가만히 나익스를 쳐다봤다. 나익스는 제피스차가 주는 막대기를 받아들었다.

'4나 5가 나오면 끝이다.'

나익스는 그렇게 생각하며 조심스럽게 열어 보였다.

'일?'

1이었다.

망치가 머리통을 제대로 후려치는 것만 같은 느낌이 들었다. 유일하게 질 수 있는 숫자. 1이 등장한 것이다.

나익스는 잠시 멍하니 숫자를 바라봤다.

"왜? 안 좋은 숫자라도 나왔나 봐? 앙?"

호바스는 얼굴을 나익스의 바로 앞까지 들이밀었다.

25%는 나올 수 있는 확률이다. 충분히 나올 수 있다. 나익스는 걱정을 그만하기로 했다.

처음 호바스가 3을 뽑았을 확률은 20%. 첫 번째에 호바스가 3을 뽑고, 두 번째에도 3을 뽑았을 확률은 25%.

그 두 확률을 곱하면 5%.

호바스가 6을 뽑았을 확률은 고작 5%다. 나익스는 먼저 자신의 패를 보였다.

"4와 1. 합쳐서 5다."

혼은 그래도 안도했다. 적어도 호바스가 이기지 못할 숫자는 아니었다. 하지만 티아는 아직도 불안한지 손톱을 물어뜯고 있었다.

"저 자식."

그때 양이가 머리를 긁적였다.

"미리 말을 하라고."

혼은 양이의 혼잣말을 듣고 고개를 갸웃했다.

"무슨 소리지?"

"저 자식 저거 이길 줄 알고 저런 거야."

"이길 줄 알았다고?"

호바스는 승부를 좋아하는 것이지 무모한 것이 아니다.
언제나 호바스는 도전할 때 자신이 이길 것이라는 확신을
가지고 도전한다. 다른 말로 하자만 이기지 못할 승부는
섣부르게 신청하지 않는다.

즉 이 도박은 어떤 것이든 자기가 이길 수 있을 것이라
는 자신감을 가지고 들어간 것이다.

하지만 이건 운 게임이다.

호바스가 가장 싫어하는. 어떻게 준비를 해도 하늘이
모든 것을 결정하는 운 게임. 거기에 호바스가 자신 있게
도전했다.

"뭘 각성했나 했더니."

양이의 말이 끝나기가 무섭게 호바스가 두 막대기를 나
익스의 앞에 내밀었다.

"삼삼이다. 합쳐서 육. 600년 잘 받았다."

나익스는 눈앞에 나타난 삼삼을 보고는 굳어버렸다.

삼삼이 나올 확률은 5%다. 충분히 나올 수는 있다. 그러나 600년을 건 대승부. 그리고 4를 먼저 뽑은 자신이 1을 뽑아야만 이길 수 있는 상황.

그 상황에서 거짓말처럼 나익스는 1을 뽑았고, 호바스는 3을 뽑았다.

이게 어떤 운이란 말인가.

제피스차는 부들거리는 나익스의 손에서 막대기를 가져갔다. 그리고는 다시 통을 정리하며 말했다.

"다음 승부를 진행하겠습니다."

"어떻게 안 거지?"

나익스가 떨리는 목소리로 물었다.

"뭘?"

"너, 네가 이길 걸 알고 있었던 거 같은데. 어떻게 안 거냐? 저 섞는 년이랑 짜고 친 거냐!"

"그럴 리가. 난 분쟁의 인도자. 룰 안에서는 아주 정직하지. 사기는 치지 않았어."

호바스는 어깨를 으쓱하며 말했다.

"운을 각성했거든. 그리고 이번에 봐줬다. 재밌었지?"

운 각성.

호바스는 전투능력에 딱히 욕심이 없었다. 그 이유는 그의 신체적 각성 능력 때문이었다. 카이저를 만나든, 혼을 만나든 어느 정도는 싸울 수 있는 것이 호바스였다. 다만 전투 센스에서 차이가 극명하게 날뿐.

호바스는 자신의 유일한 약점인 운을 각성했다.

덕분에 그 어떤 상황에서도 운으로 승부하면 지지 않는 강운의 사나이가 된 것이다.

"봐줬다……고?"

"그럼 막대기를 뽑아드리겠습니다."

나익스는 고개를 돌려 제피스차가 주는 막대기를 받았다.

그리고 확인한 숫자.

그것은 1이었다.

"내 숫자를 알려주지."

나익스가 정신을 차리기도 전에 호바스가 자신의 막대기를 들이밀었다.

"난 5다."

나익스의 동공이 흔들렸다. 남은 수명은 100년. 그리고 기본 배팅은 100년.

이 패배로 인생을 마감짓게 된다.

탐욕스럽게 남의 수명을 빼앗아 유지하던 인생이 끝나는 것이었다.

"안 돼."

"교환하겠습니다."

제피스차의 말에 나익스의 통에서 두 개의 막대기가 빠져나왔다.

숫자는 4와 5였다.

"안 돼!"

호바스가 준 막대기의 숫자는 당연히 1과 2.

승부는 끝났다.

뭘 뽑아도 나익스가 지는 상황이 된 것이다. 나익스는 들고 있던 막대기를 반으로 쪼갰다.

"이럴 수는 없……어."

"승부 끝났습니다. 승자는 호바스. 수명은 전부 호바스님에게 인도됩니다."

나익스는 입을 크게 벌리며 호바스를 향해 달려들었다. 그러나 그것도 잠시 나익스의 몸이 가루가 되어 사라졌다.

그리고 혼 일행을 둘러싸고 있던 선도 사라졌다.

"상황 정리 끝!"

호바스가 가슴을 펴며 말했다. 하지만 칭찬대신 티아의 꿀밤이 날아갔다.

"그런 걸 각성했으면 미리미리 말해!"

호바스는 슬쩍 티아의 꿀밤을 피하며 말했다.

"아니, 아니. 나중에 너희랑 도박할 때 써먹으려고 했지. 혼이 코끼리 팬티 입고 춤추는 거 보고 싶지 않아?"

호바스가 낄낄거리며 말했다. 혼은 호바스의 옆을 지나가며 단호하게 말했다.

"그런 내기 절대로 안 한다."

NEO MODERN FANTASY STORY & ADVANTURE

메이즈
헌터

8

Maze Hunter

8

엔드라스 안으로 성큼성큼 들어가던 혼 일행은 발걸음을 멈추었다.

썩은 내가 진동하는 땅.

그곳에 한 남자가 죽은 나무 위에 앉아 기다리고 있었다. 남자는 지친 모습이 역력했다.

"카이저."

티아가 말했다.

그녀가 확인해주지 않아도 그가 카이저라는 것은 모두 알 수 있었다. 풍기는 분위기부터가 나익스와는 많이 달랐다.

니나는 혼의 소매를 살짝 잡았다.

혼이 흥분해서 튀어 나갈까 걱정하는 것이었다. 카이저는 천화를 죽인 자다. 천화는 모두가 좋아하는 인물이었지만 혼에게는 더욱더 특별한 사람이었다. 니나는 혼의 표정을 살피기 위해 고개를 올렸다.

혼은 카이저를 보고 있지 않았다.

혼의 눈은 카이저 뒤로 살짝 보이는 검은 구체에 박혀 있었다.

'저게 엠프라도르인가?'

검은 구체가 숨을 쉬고 있다. 혼은 엠프라도르를 노려보다가 카이저에게로 시선을 옮겼다.

카이저의 오른팔이 보라색으로 빛나고 있었다.

정장을 입은 카이저는 넥타이를 고쳐매며 자리에서 일어났다.

"나익스가 시간을 너무 적게 끌었군."

"덕분에 700년이나 수명이 늘었다. 고맙다."

호바스가 웃으며 말했다.

"다만 불로는 아니라서 늙기는 하겠지. 그거 저주야. 저주."

양이가 호바스 말에 태클을 걸었다.

"뭔가 분위기가 달라졌다."

티아가 혼에게 속삭이듯 말했다.

저번에 본 카이저보다 더욱더 날카로워진 느낌이 들었다. 뿜어내는 중압감이 남달라졌다. 지쳐 보였지만 전혀 약해진 느낌이 나지 않았다. 게다가 저 보라색으로 흉흉하게 빛나는 오른팔.

뭔가가 있다.

확실히 뭔가가 있다.

"조심해라. 저 오른팔. 예전에는 안 저랬어."

카이저는 저벅저벅 혼의 앞으로 걸어왔다. 그러자 엘리아가 한 걸음 앞으로 나오며 카이저를 노려봤다. 자기가 먼저 싸우겠다는 무언의 표시였다. 혼은 그 와중에도 엠프라도르로 시선을 옮겼다.

"오, 그때 거기 있었던 약골이군."

"약골?"

엘리아가 어이가 없다는 듯이 피식 웃었다.

"그래, 오늘 약골한테 맞아 죽어봐라."

"동료의 목숨을 빌어 살아남은 기분은 어떤가?"

카이저가 슬쩍 혼에게 물었다. 카이저는 혼이 천화가 지키고 싶어 했던 인물이라는 것을 알고 있었다. 마지막으로 혼이 떠나갈 때 천화는 계속해서 그를 주시하고 있었다. 카이저의 질문을 받은 혼의 입술이 살짝 떨렸다.

"나쁘지 않아."

"하하하하! 나쁘지 않다고?"

카이저는 육성으로 웃으며 말을 이어갔다.

"그년이 어떻게 죽었는지 모르지?"

천화는 자살했다.

카이저를 농락하며 그렇게 스스로 목숨을 끊었다. 게다가 시체는 타르티스가 가져가 카이저는 천화에게 복수할수 없었다.

하지만 천화가 가장 소중하게 생각하는 사람을 죽이는건 가능했다.

카이저의 도발에 혼의 표정이 굳어졌다. 원래부터 무표정한 혼이었지만 그가 점점 평정심을 잃어가는 것이 보이는 것만 같았다.

카이저는 머리를 쓸어넘겼다.

이거 조금 더 괴롭혀 줄 수 있을 것만 같았다.

"살려고 발버둥을 치더군. 그래서 아주 천천히 고통스럽게……."

"거짓말이 서툴군."

카이저의 말을 끊으며 혼이 말했다.

천화가 살려고 발버둥을 쳤다. 그건 천화의 성격상 말이되지 않는다. 그녀는 혼과 호바스를 탈출시키고 스네일을 죽였다. 즉, 이미 자기 목숨은 버렸다는 것이다. 그런 천화가 살려고 발버둥을 쳤을까?

"아마, 네가 손쓰기 전에 죽었겠지. 걔도 아픈 건 싫어하거든."

천화는 승산이 없음을 알았을 것이다.

카이저의 방심을 틈타 스네일을 죽인다. 당연히 카이저는 미쳐 날뛸 것이다. 그리고 그녀는 마치 거사를 치른 독립운동가들처럼 자살을 택했을 가능성이 크다.

카이저는 고개를 절레 흔들었다.

역시나 이 녀석도 짜증 난다. 그냥 다 죽이자.

"짜증나니까 그냥 덤벼라."

"아니, 난 너와 싸울 생각이 없다."

혼이 말했다.

카이저는 의아해하며 고개를 갸웃했다. 여기까지 와서 싸울 생각이 없다고? 그것도 파트너를 죽게 만든 자신과?

혼의 생각을 읽을 수가 없었다.

혼은 뒤쪽을 바라보며 말했다.

"내가 관심 있는 건 신의 보옥이다. 즉 목표는 엠프라도르라는 말이지."

혼의 말에 카이저의 얼굴이 굳었다.

엠프라도르를 노린다고? 그게 말이나 되는 일인가. 엠
프라도르는 오버로드의 왕이다. 카이저를 만들고 현 미궁
오버로드의 질서를 잡게 해주는 것이었다. 무엇보다 고작
워커가 죽일 수 있는 것이 아니었다.

"진심이냐? 지금 나를 앞에 두고."

더 열받는 점은 카이저가 눈앞에 있음에도 자신의 목표
는 엠프라도르라고 말하는 혼이었다.

완벽하게 무시당했다.

혼은 화를 내는 카이저를 가만히 보다가 말했다.

"신의 보옥이 엠프라도르를 죽이면 나오는 건 맞나 보
구나."

"뭐?"

처음부터 혼이 알아내고자 하는 것은 신의 보옥의 유무
였다. 카이저가 가지고 있든, 엠프라도르가 가지고 있든,
누군가가 가지고 있어야만 했다.

한 번 떠본 것이었다.

혼은 만약 엠프라도르가 신의 보옥을 가지고 있다면 카
이저가 화를 낼 것이라고 생각했다. 눈앞에 있는 자신을
무시한 상황이 되어버리니까.

반대로 엠프라도르가 신의 보옥을 가지고 있지 않다면
웃던가, 아니면 의미심장한 말을 남길 것이다.

수백, 수천 가지의 반응을 예측했지만 결과는 두 개로 나뉜다. 엠프라도르가 가지고 있든가, 가지고 있지 않든가.

카이저의 반응은 엠프라도르가 신의 보옥을 가지고 있는 것을 아는 자의 반응이었다.

"좋은 정보 고맙다."

"하, 하하. 하하하하!"

카이저는 하늘을 올려보며 웃었다.

말을 섞으면 섞을수록 도발하기는커녕 반대로 당하고 있었다.

"빨리 죽여야겠구나."

카이저는 살기를 뿜어내며 곧장 혼에게로 달려들었다. 혼보다 살짝 앞에 서 있던 엘리아가 옳다구나 하며 주사기를 목에 꽂으며 맞상대했다.

"비켜라."

카이저는 오른팔로 엘리아를 날리고 곧바로 혼을 공격했다.

그러나 그것도 잠시, 엘리아가 공중을 빙글빙글 돌아 착지한 뒤 카이저의 옆구리로 치고 들어왔다. 카이저는 예상치 못한 기습에 당해 옆으로 날아갔다. 뒤에서 그 광경을 보고 있던 호바스는 휘파람을 불었다.

"휘우~ 쩌네. 그럼 나도 끼어볼까?"

"나인, 우리는 엠프라도르로 간다."

혼은 카이저를 호바스와 엘리아에게 맡겨놓을 생각이었다. 어차피 목표는 엠프라도르다. 카이저가 천화를 죽였든, 어쨌든 엠프라도르만 제거하면 끝나는 일이었다.

나인은 혼의 말에 고개를 끄덕이고는 곧바로 순간이동을 사용했다. 아무리 엘리아와 호바스에게 카이저가 묶여 있다고 하더라도 정면돌파는 귀찮다. 나인은 시야에 들어오는 곳이라면 순간이동이 가능했기 때문에 엠프라도르까지 가는 건 쉬운 일이었다.

카이저는 빛이 되어 사라지는 혼과 나인을 발견하고는 급히 엘리아를 떼어냈다. 그러나 그 앞을 호바스가 막았다.

"어딜 가시나?"

"이 자식이."

카이저는 혼이 사라지자마자 엠프라도르쪽으로 시선을 옮겼다.

결국, 혼은 카이저를 뒤로하고 정말 엠프라도르로 날아갔다.

카이저는 앞에 남은 4명의 워커들과 하양이를 돌아보았다. 혼의 선택은 짜증 났지만 걱정되지는 않았다. 제까짓 것이 아무리 강해 봤자 엠프라도르를 죽일 수는 없다. 카이저는 외려 각개격파가 가능해진 현 상황을 즐기기로 했다.

"오냐, 전부 죽여주마."

티아와 양이는 살짝 뒤로 물러났다. 란슬롯이 불려 나왔고, 양이도 무장을 하며 눈치를 보았다.

어차피 시간만 끌면 되는 것이다.

엘리아와 호바스는 의기양양하게 카이저의 앞뒤를 포위했다. 그러나 카이저는 여유로웠다.

이윽고 엘리아와 호바스가 동시에 카이저의 앞뒤로 달려들었다.

카이저의 괴이한 미소와 함께 전투가 시작되었다.

❖

엠프라도르.

검은 구체. 중간중간에 마치 혈관과 같은 붉은 줄기가 돋아나 있었고, 촉수와 같은 검은 것들이 벽과 바닥에 연결되어 있었다. 그것은 부풀어 올랐다가 줄어들기를 반복하며 마치 인간의 심장과 같은 소리를 냈다. 그것은 엠프라도르가 살아있는 생명체임을 보여주고 있었다.

혼은 인상을 찌푸렸다.

엠프라도르가 서 있는 땅은 썩어 문드러져 악취를 풍겼다. 벽도 마찬가지였다. 검게 썩어들어간 벽은 툭치면 부서질 것처럼 금이 가 있었다. 나인은 엠프라도르를 올려다보며 겁에 질려 있었다.

"어떻게 보면 제 할아버지일 수도 있네요."

나인이 아련하게 말했다.

나인의 아버지는 오버로드였다. 그가 미궁에서 태어난 것인지, 엠프라도르가 만들어낸 것인지는 알 수 없다.

혼은 열심히 엠프라도르를 돌아가며 혈석이 어디 있는지를 살폈다. 모든 엠프라도르를 5성 오버로드라고 부르고 있었다. 그렇다면 검은 혈석이 어딘가에 있을 것이다. 혼은 한 곳도 빠지지 않고 돌아보다가 작게 탄성을 뱉었다.

"아, 없네."

적어도 혼의 눈에는 혈석이 보이지 않았다. 그렇다면 엠프라도르 몸속에 있을 가능성이 컸다. 몇몇 오버로드는 몸속에 혈석을 숨기고 있는 경우도 허다했다.

최악의 상황이다. 그러나 어쩔 수 없다.

혼은 아쉬움을 뒤로 하고 리첼리아에게 말했다.

"리첼리아. 절삭의 환도."

기다란 검이 혼의 손에 만들어졌다. 용무늬가 선명하게

그려진 환도를 들고 혼은 엠프라도르 앞에 섰다.

절삭의 환도는 모든 것을 벨 수 있는, 일루미나 최강의 절삭력을 가진 검이었다. 처음부터 최고의 무기로, 빠르게 승부를 볼 생각이었다.

혼은 기운을 집중했다.

한층 강화된 혼의 능력치는 이미 워커의 급을 넘어섰다. 혼의 팔 근육이 터져나올 듯이 올라이고 시작했다. 정신을 집중하는 혼의 이마에는 핏줄과 함께 땀이 송글송글 맺혔다.

단숨에 반으로 갈라버리겠다.

반으로 가른 뒤 엠프라도르가 죽지 않는다면 혈석이 깨질 때까지 베어주겠다. 혼은 그렇게 생각했다.

"후우."

신체와 정신이 정점에 다다른 순간 혼이 검을 높게 치켜들었다.

그리고 온 힘을 다해 내리찍었다.

섬광이 칼을 타고 번쩍이며 앞으로 나아갔다. 마치 공간이 뒤틀리는 듯한 착각이 들었다. 공기가 검기 주변으로 몰려들었다가 다시 퍼지며 돌풍이 불었다. 나인은 머리를 휘날리며 엠프라도르를 멍하니 쳐다볼 수밖에 없었다.

공간이 베어졌다.

혼은 깊은숨을 내쉬며 인상 썼다.

"예전에 공간을 베는 애가 있었는데."

지하도시에서 보았던 간부 중 하나.

그 여자가 공간을 베는 능력을 사용했었다. 혼은 그것을 접목시켰다. 그러나 결과는 안 좋았다.

엠프라도르는 아무 일 없었다는 듯이 숨을 쉬고 있었다.

흠집조차 나지 않았다.

공간을 베는 것에 실패한 것일까. 모든 것을 베어버리는 절삭의 환도로도 공간을 벨 수 없던 것일까?

혼은 차라리 그랬으면 좋겠다는 생각을 했다.

혼은 바닥을 보며 공간은 제대로 베어졌다는 것을 알아냈다. 바닥에는 전에는 없던 선명한 선 하나가 벽 끝까지 새겨져 있었다.

기술은 성공했다.

다만 엠프라도르에 흠집도 나지 않았을 뿐이었다.

"야단났네."

레비아탄과 싸울 때와 같은 느낌이었다.

그 어떤 공격도 통하지 않을 것만 같은 느낌이 들었다. 느낌뿐만이 아니라 어느 정도는 사실이라는 점이 더 기분 나빴다. 절삭의 환도는 가장 확실하게 적을 죽일 수 있는 무기라는 점에서 선택한 것이었다.

엠프라도르가 움직이지 않는다는 것을 알았을 때는 거의 성공했다고 확신할 정도였으니까.

당장에 더 좋은 무기는 떠오르지 않았다.

"안 되는 겁니까?"

나인이 걱정스럽게 물었다.

처음에는 혼의 능력에 놀랐지만 상황은 그리 좋아 보이지 않았다.

그때 뒤에서 하얀 섬광이 터졌다.

엘리아의 거대충격이 사용된 것이다. 카이저를 막아내는 전투는 계속해서 진행 중이었다. 그리고 방금 전 엘리아의 마지막 수가 나온 것으로 보아 거의 끝나가는 것이 확실했다.

승패는 알 수 없지만 엠프라도르와 마주 보고 있을 수 있는 시간은 많지 않다. 그렇게 가만히 생각하고 있는 순간 엠프라도르의 촉수가 벽과 땅에서 떨어져 본채로 돌아가기 시작했다.

"제길."

"무슨 일입니까?"

나인이 물어보기가 무섭게 촉수가 혼을 향해 날아들었다.

혼은 몸을 뒤로 피하며 정색했다.

우려하던 일이 터져버렸다. 아니, 당연히 이럴 것으로 생각했다.

카이저를 뒤에 두고 온 이유는 엠프라도르와 카이저, 둘 다 상대하기 싫었기 때문이다. 정작 엠프라도르에 도착했을 때 엠프라도르는 쥐죽은 듯이 가만히 있어 괜한 기우인가 싶었지만 역시 엠프라도르도 자가방어를 하기 시작했다.

촉수는 빠르게 혼만을 노렸다.

나인은 자신을 헤할 수 있는 적이 아니라고 판단한 것이다.

수백 개의 촉수가 상상할 수 없는 빠르기로 혼의 사지를 노려왔다. 혼은 몇 개는 잘라내고 몇 개는 피하며 뒤로 물러났지만 그만 다리를 잡혀버렸다.

"큭."

"혼씨!"

나인이 순간이동으로 혼에게 다가와 혼을 데리고 바로 뒤로 빠졌다.

어느 정도 거리가 벌어지자 엠프라도르의 촉수가 멈췄다. 순전히 자기방어만 하는 시스템인 듯싶었다.

이제 저 촉수를 뚫고 들어가서 엠프라도르를 죽여야 한다.

혼은 머리를 긁적였다.

딱히 좋은 생각이 떠오르지 않는다.

"역시나. 엠프라도르를 건들지도 못한 거 같군."

엎친데 덮친 격이었다.

카이저가 나타나 버렸다.

❖

카이저와의 싸움은 치열했다.

호바스는 카이저의 신체능력을 복사했고, 엘리아는 날려도, 날려도 끝까지 따라붙었다. 게다가 죽여도, 죽여도 살아나는 란슬롯도 짜증 나기는 마찬가지였다. 하양이와 양이가 쏘아대는 광선도 귀찮았다.

그때 카이저의 오른팔이 변하기 시작했다.

점점 근육이 팽창하기 시작해 이내 성인 허리두께만큼 팔이 두꺼워졌다. 마치 강철처럼 단단한 갈색 피부와 터질 것만 같은 근육이 울퉁불퉁하게 나와 있었다. 손가락이 있어야 하는 부분에는 날카로운 칼날이 솟아나 있었다.

그렇게 오른팔이 변하고 상황은 완벽하게 뒤집혔다.

카이저는 호바스의 방어를 뚫어버리고 그의 가슴에

칼날 다섯 개를 꽂아 넣었다. 호바스가 쓰러지자마자 전세는 확 기울었다. 엘리아의 신체능력으로는 카이저를 이길 수 없었다.

엘리아는 상황을 깨닫고 거대충격을 사용했지만 카이저는 오른팔로 막아냈다.

그리고 지쳐버린 엘리아를 단번에 제거했다.

그렇게 엘리아까지 절명하자 니나는 빠르게 티아와 자신의 주변에 방어 탑을 세웠다. 물리법칙을 초월하는 엘리아의 능력을 뚫을 수는 없지만 이미 자신을 방해할 수 있을 만한 전력은 남아있지 않았다.

카이저는 그 상태로 혼에게 온 것이다.

혼은 카이저의 팔을 노려보다가 말했다.

"엘리아와 호바스가 졌군."

"당연히."

카이저는 오른팔을 들어 보였다.

몰아넣었다.

뒤에는 카이저, 앞에는 엠프라도르다. 혼에게는 도망칠 곳이 없다. 게다가 이미 동료도 전부 잃은 것이나 다름없다.

상황은 최악이다.

엠프라도르를 죽이는 법도 찾지 못한 상태에서 카이저

까지 와버렸으니 말이다.

"어떡합니까? 혼씨."

"떨어져 있어."

나인은 어쩔 줄몰라하며 혼 옆에 붙어있었다. 이대로 혼을 버리고 도망치기는 싫었다.

"무슨 생각하는지는 알겠는데. 방해된다. "

나인은 아랫입술을 깨물며 고개를 끄덕였다.

방해된다.

전투능력이 없는, 아니 있었다고 하더라도 자신은 방해되는 존재였을 것이다. 혼은 나인을 살리려고 하는 것이 아니었다. 단순히 전투에 방해되는 아군은 강력한 적보다 더 무서운 것이기 때문이다.

나인은 고개를 푹 숙이고 순간이동으로 사라졌다.

카이저는 곧장 오른팔을 들어 올리며 혼에게 달려들 낌새를 보였다. 혼은 절삭의 환도를 유지했다.

-자를 수 있을 걸요?-

"나도 그렇게 생각한다."

혼의 말이 떨어지기가 무섭게 카이저가 달려들었다.

카이저는 자신의 신체능력이 혼보다 우수할 것이라 믿어 의심치 않았다.

선수 필승이라는 말도 있지 않은가. 호바스와 엘리아를

한 번에 저세상으로 보낸 오른팔로 혼까지 제거할 생각이었다.

그러나 그건 오판이었다.

너무나도 큰 오판.

혼은 가볍게 카이저의 공격을 피한 뒤 절삭의 환도로 그의 오른팔을 날렸다.

카이저의 오른팔이 공중을 날라 바닥에 떨어졌다. 크기가 크기인 만큼 떨어지는 소리도 크게 났다.

툭.

카이저는 잘린 자신의 오른팔을 쳐다봤다.

고통보다는 수치심이 먼저 올라왔다. 얼굴이 붉어진 카이저는 고개를 돌려 혼을 바라보며 고성을 내뿜었다.

"이 자식이!"

"시끄럽다."

혼은 단숨에 카이저의 목을 날렸다. 카이저의 몸이 뒷걸음질 치는 사이 그의 목과 오른팔이 재생되었다.

"그런 거로 죽을 거 같은가?"

"아니. 네가 발버둥 치며 살아남으려는 모습을 보고 싶어서 말이야."

카이저가 했던 거짓말.

천화가 발버둥 쳤다던 바로 그 말을 혼은 기억하고

그대로 전해준 것이다. 카이저는 애써 흥분을 가라앉혔다.

방심했을 뿐이다.

엘리아와 호바스 정도의 실력이라 생각하고 방심했기 때문에 당한 것이다.

그렇게 마음을 다잡은 카이저는 다시 혼에게 달려들었다.

언뜻 보기에는 막상막하의 승부가 진행되었다. 카이저가 공격하고 혼이 반격한다. 카이저는 팔이 날아가고, 다리도 잘렸지만, 바로바로 재생되었다. 카이저의 공격도 혼의 옷깃을 스칠만큼 아슬아슬하게 빗나갔다.

그러나 거기까지였다.

혼은 카이저의 사지를 잘라내고 있었고, 카이저는 고작 혼의 옷깃을 베어내고 있었다. 멀리서 본다면 치열한 싸움이었지만 정작 싸우고 있는 두 사람은 누가 우위인지를 확실하게 알고 있었다.

'왜! 고작 워커 하나를 못 잡는가?'

카이저의 머릿속에 잡념이 생기기 시작했다.

5성 오버로드.

미궁에 적수가 없었던 그가 왜 워커 하나를 이길 수가 없는가.

그렇게 잡념이 들어온 순간, 혼이 카이저를 두 동강 냈다. 상체가 땅에 떨어지는 그 순간 다리가 재생되었다. 카이저는 빙글빙글 굴러 엠프라도르의 바로 앞까지 후퇴했다. 혼은 경련을 일으키고 있는 카이저의 다리를 보며 말했다.

"혈석은 상체에 있구나."

재생은 혈석을 기준으로 한다. 만약 혈석이 목 위에 있다면 목이 잘린 순간 목에서 몸이 돋아난다.

이번에는 상체에서 다리가 돋아났다.

혈석은 목 아래, 그리고 양팔을 제외한 몸통에 있는 것으로 확정되었다.

"걱정 마라. 다음번에는 세로로 반을 갈라주마. 그럼 더 확실하게 알겠지."

혼의 말에 카이저의 입꼬리가 실룩거렸다.

"그런 일은 없을……."

푹!

무언가가 카이저의 배를 뚫고 나왔다.

검은 촉수.

카이저와 혼의 시선은 동시에 엠프라도르로 옮겨갔다. 엠프라도르에서 돋아난 검은 촉수가 카이저의 배를 뚫어 버린 것이다.

설마 적으로 인식한 것일까? 카이저도 이해할 수 없다는 듯이 엠프라도르를 쳐다봤다.

그리고 그 순간 엠프라도르의 구체가 반으로 갈라지더니 카이저의 상처를 베어 물었다.

말 그대로 먹어버렸다. 남은 카이저의 몸은 축 처져 있었고 엠프라도르는 마치 카이저의 몸을 씹는 것처럼 요동쳤다. 그렇게 잠시동안 카이저를 먹은 엠프라도르는 다시 쥐죽은 듯이 조용해졌다.

혼은 예상치 못했던 일에 인상을 썼다.

하지만 이내 냉정하게 상황을 분석했다. 엠프라도르가 카이저를 먹었다. 적으로 인식하고 먹는 그런 바보 같은 짓은 하지 않았을 것이다.

그렇다면 엠프라도르는 카이저를 필요 없는 대상이라고 생각한 것이 아닐까?

혼에게 밀리는 카이저를 보며 쓸모 없는 놈이라 생각해서 회수했다. 어차피 카이저도 엠프라도르가 만든 오버로드일 뿐이었다. 나눠줬던 힘을 다시 회수할 수도 있지 않을까?

혼은 항상 최악의 상황을 생각한다.

그렇기 때문에 호바스와 엘리아에게 카이저를 맡기고 엠프라도르를 노렸던 것이었다.

그리고 혼이 상상했던 최악의 상황이 정말로 벌어지려 하고 있었다.

엠프라도르와 카이저의 합체.

엠프라도르가 카이저를 만들었다는 것을 들었을 때부터 혼은 이런 일이 있을 수도 있다고 생각했다.

"너의 실력은 충분히 보았다. 죽음의 인도자."

그때 낮은 저음의 목소리가 울려 퍼졌다. 그것은 분명히 엠프라도르에서 나오는 소리였다.

혼은 이마를 짚었다.

엠프라도르는 말을 이어갔다.

"필시 죽여야 하는 상대로 판단. 제거를 실행한다."

지금까지 엠프라도르는 자기방어가 아닌 다른 용도로 힘을 사용한 적이 없었다. 애초에 그럴 필요가 없었다. 그 어떤 적도 엠프라도르를 죽일 수는 없었으니까.

그 엠프라도르가 지금 혼을 꼭 죽여야 하는 위험한 적으로 인식한 것이다.

순식간에 촉수가 뻗어 나오기 시작했다.

수백 개가 넘는 촉수가 오로지 혼을 목표로 날아왔다. 혼은 재빠르게 외쳤다.

"불멸의 방패!"

혼의 손에 작은 방패가 들렸다. 정신을 집중하자 투명한

막이 겹겹이 생겨나 혼의 몸을 지켜주었다.

촉수가 후려칠 때마다 방어막이 깨졌지만 그만큼 빠르게 재생되었다.

'버티기만 해서는 안 된다.'

엠프라도르가 공격을 몇 시간이나 지속할지 모른다. 그러나 불멸의 방패를 들고 있는 혼에게는 한계가 분명히 존재했다.

어떻게든 촉수를 뚫고 가 공격해야 했다.

그런데 공격은 어떻게 해야 하는가? 그 질문에 대한 대답도 아직 혼은 찾지 못한 상황이었다.

그때 불현듯 혼의 머리를 스치고 지나가는 것이 있었다.

레비아탄과의 대결.

레비아탄과 엠프라도르는 범접할 수 없는 방어력을 가진 존재라는 점에서 공통점이 존재했다.

그렇다면 내부에서 공격해야 했다.

혼은 레비아탄의 몸속에서 먹었던 노란 구슬을 기억해 냈다.

"리첼리아. 그 노란 구슬. 그거 뭐였어?"

-말살의 독이요?-

"그래, 이름이야 상관없고. 그걸로 오버로드 죽일 수 있어?"

오버로드는 혈석이 파괴되어야 죽는다. 그건 변하지 않는 사실이었다. 레비아탄을 죽이는 독이라도 오버로드를 죽일 수 있다는 확신은 없었다.

리첼리아는 잠시 생각하다 말했다.

-아마?-

"그런 대답이 제일 싫다."

-에이~ 뭐. 검은 혈석이 무한한 에너지를 주기는 하지만 그래도 말살의 독을 정화할 수 있을까요? 레비아탄이라는 그 큰 것도 죽었잖아요. 믿고 해보죠? 네?-

리첼리아의 말대로 오버로드는 혈석의 무한한 힘으로 움직인다.

그들이 재생하는 이유도 혈석의 힘 덕분이었다. 혈석을 부수면 죽는 이유도 그것이다. 검은 혈석은 그들의 전부였다.

그러니 혈석이 정화할 수 없을 정도로 강력한 독을 주입하면 직접적으로 혈석을 파괴하지 않아도 충분히 제압가능하다는 것이 리첼리아의 말이었다.

그러나 결국 추측일 뿐이다.

확실한 근거가 없이 목숨을 걸 수는 없었다.

-해보죠! 해보죠! 해보죠!-

리첼리아가 시끄럽게 떠들어댔다.

"하고 싶어도 힘들 거 같은데."

도저히 촉수를 뚫고 들어갈 엄두가 나지 않았다. 말살의 독을 먹기 위해서는 불멸의 방패를 없애야 한다. 그러면 촉수에 맨몸이 드러나는 것이다. 비록 혼이 죽는 순간 말살의 독이 퍼진다고 하더라도 내부에서 터지는 것과는 위력 자체가 다를 것이다.

어떻게든 말살의 독을 먹고 엠프라도르 내부에서 공격해야 했다.

"목숨 걸어야겠네."

혼은 그렇게 말했다.

"괜찮습니까?"

그때, 나인이 혼의 뒤로 순간이동을 사용해 혼의 뒤로 들어왔다.

"상황이 여의치 않으면 일단은 후퇴했다가……."

혼은 가만히 나인을 쳐다봤다. 후퇴를 제안하려던 나인은 가만히 자신을 노려보는 혼의 시선이 부담스러웠는지 말을 멈췄다.

"왜 그러십니까?"

"나만 텔레포트 시킬 수 있겠어?"

"가능합니다."

"엠프라도르의 뱃속. 가능하냐?"

"네?"

"가능하냐고."

"뱃속이라는 게 있으면 가능합니다."

"있을 거야. 아까 카이저를 먹었거든. 너도 보지 않았어?"

"멀리서 보긴 했습니다만……."

"그럼 날 그 안으로 넣어라."

리첼리아가 그렇게 원하는 자폭작전을 다시 쓸 생각이었다. 말살의 독을 먹고 엠프라도르 안에서 공격한다.

내부에서 독으로 공격한다면 통할 수도 있다. 아니, 통해야 한다.

"죽을 수도 있습니다."

"상관없어."

나인은 잠시 망설이다가 비장한 표정을 지었다.

혼이 어떤 생각으로 엠프라도르의 뱃속으로 들어가겠다고 말하는 건지는 잘 모른다. 그러나 분명히 어떤 수가 있긴 있는 것이다. 엠프라도르의 뱃속에 들어가서 살아나올 수 있을지 없을지는 미지수지만 대업에는 희생이 따르는 법이다.

지금까지 모두가 희생했다.

여기서 일을 멈출 수는 없었다.

"내가 독구슬을 먹는 순간 방어막은 사라진다. 너는 나를 바로 순간이동 시켜라. 촉수 조심하고."

"걱정 감사합니다."

나인이 고개를 꾸벅 숙였다.

"셋을 세면 보내라."

혼은 그렇게 말한 뒤 천천히 숫자를 셌다.

하나.

나인이 혼의 등 뒤에 손을 가져다 대었다.

둘.

혼은 셋을 외치기 직전 방어막을 없애고 말살의 독을 꺼냈다. 노란 구슬이 공중에 먹기 좋게 나타났고, 혼은 입을 쩍 벌려 구슬을 아득 씹었다.

그와 동시에 촉수가 맹수처럼 혼의 몸을 찢어버리기 위해 다가왔다. 혼은 악을 쓰며 외쳤다.

"셋!"

나인은 엠프라도르를 응시하며 순간이동을 사용했다. 혼의 몸이 사라지고 혼을 노리던 촉수는 곧바로 뒤에 서 있던 나인의 심장과 머리, 팔, 그리고 다리를 찔렀다. 나인은 뒤로 날아가며 엠프라도르를 응시했다.

'죽어라. 제발 죽어라.'

고통은 없었다. 단순히 점점 촉수에 시야가 가려지는

것이 아쉬울 뿐이었다.

촉수는 나인의 몸에서 빠져나갔다. 피가 공중으로 솟
구쳤다. 나인의 눈에는 붉게 물든 하늘만이 보일 뿐이었
다.

❖

아무것도 보이지 않는다. 비교적 넓은 뱃속. 혼은 손가
락을 날카롭게 모아 자신의 발밑에 찍어 넣었다.

그렇게 수십 번을 빠르게 찔러넣은 혼은 거친 숨을 내
쉬었다.

아무런 일도 벌어지지 않았다.

엠프라도르는 발버둥 치지도 않았다. 혼은 조금 더 기
다려보기로 했다. 레비아탄과의 전투에서 한 가지 알 수
없는 못한 것이 있다면 레비아탄이 독에 중독되고 얼마나
있다가 죽었는지였다.

몇십 초를 기다렸음에도 변하는 것은 없었다. 엠프라
도르는 그저 가만히 서 있을 뿐이다. 혼은 한숨을 내쉬
었다.

단순한 공격으로는 안 된다.

그렇다면 방법은 한가지였다. 혼은 세버런스를 꺼냈다.

처음으로 얻은 군주기. 혼은 그것을 자신의 목에 가져다 댔다.

"죽었을 때 가장 강력한 독이 나온다고 했지?"

-맞습니다만, 설마 찌르게요?-

"어."

-잠깐만요. 인도자님! 죽으면 모든 것이 끝······.

리첼리아가 호들갑을 떨며 말렸다. 그러나 리첼리아 의 말이 끝나기도 전에 세버런스가 혼의 심장에 꽂혔다.

-인도자니임!-

리첼리아의 비명과 함께 혼의 심장이 멈췄다. 그와 동시에 노란색의 독이 혼의 눈과 입, 그리고 귀에서 뿜어져 나오기 시작했다. 이윽고 그것은 엠프라도르의 뱃속을 가득 채웠다.

리첼리아의 비명과 함께.

엠프라도르의 몸 밖.

나인의 얼굴과 다리가 재생되고 있었다. 느리지만 착실하게 그를 살려나가고 있었다. 촉수가 공격하는 순간에도 나인은 자신의 혈석을 지켰다. 반은 인간이었지만, 반은 오버로드. 나인또한 약하지만 혈석이 파괴되기 전까지는 죽지 않을 정도의 재생 능력이 있었다.

나인은 천천히 상체를 일으켰다.

꽤 많은 시간이 지났음에도 엠프라도르는 미동조차 하지 않았다.

실패했다.

나인의 머릿속은 백지가 되었다.

엠프라도르는 이길 수 없는 것일까? 정말로 워커와 오버로드의 싸움은 앞으로도 계속되어야 하는 것일까?

평화는 찾을 수 없다.

그런 생각이 들을 즈음 엠프라도르가 갑자기 요동치기 시작했다. 한참을 꿀렁이던 엠프라도르는 카이저를 먹었던 그 입으로 무언가를 퉤 뱉어냈다.

"우웩!"

이상한 소리와 함께 한 남자가 튀어나왔다.

심장에 세버런스를 꽂은 혼이었다.

그리고 나서도 엠프라도르는 계속해서 요동쳤다. 나인은 순간이동으로 혼의 바로 옆으로 가 혼의 시체를 안전한 곳으로 이동시켰다.

"혼씨!"

나인은 혹시나 하는 마음에 혼의 뺨을 때리며 외쳤다. 그러나 세버런스는 정확히 심장을 관통했다. 숨조차 쉬지 않는다. 죽었다고밖에는 설명할 수 없다.

나인은 요동치는 엠프라도르와 혼을 계속해서 번갈아
쳐다봤다.

"혼씨!"

그렇게 무의미한 외침을 계속할 뿐이었다.

그런데 그때 옆에서 인기척이 났다. 푸른 털을 가진 하
양이가 무표정하게 혼을 내려보고 있었다.

❋

혼은 백색의 세상에 와있었다.

한번은 와본 곳이었다.

혼은 가만히 누군가가 나타나기를 기다렸다. 아니나 다
를까, 혼이 기다렸다는 듯이 한 남자가 짜증이 난 얼굴로
머리를 긁적이며 나타났다.

"죽었냐?"

파란 머리. 헐벗은 상체. 예전에 키스까지 했던 사이.

"이제 왔어? 기다리고 있었다."

혼이 미소와 함께 말했다.

"보험 믿고 덤볐구먼."

하양이가 신경질적으로 말했다.

푸른 혈석을 가진 백령과 혼은 계약했다. 혼이 죽으면

백령의 푸른 혈석으로 한 번 살아날 수 있다는 뜻이었다. 하양이는 자신의 가슴에서 빛나는 혈석을 뽑았다. 계약은 계약이었다. 천화가 죽었을 때 아무것도 하지 못한 이유 도 결국 혼을 살리기 위함이었다.

"자. 받아라."

"고맙다."

혼은 푸른 혈석을 받았다.

"이걸 받으면 살아나는 건가?"

"여긴 그냥 정신세계야. 현실에서는 이미 내가 너한테 옮겨주고 있다. 참, 천화를 살려야 했었는데 거기서는 도 망치고."

"옮겨주고 있다고?"

"그래."

"어떻게?"

혼이 고개를 갸웃하며 말했다.

"방법은 알잖아?"

하양이가 그렇게 말하며 미소 지었다.

그 순간 혼이 눈을 떴다. 이제 막 깨어난 그의 시야에는 지그시 눈을 감은 하양이의 얼굴이 보였다. 그 뒤로 걱정 스럽게 혼을 보고 있는 니나와 티아도 보였다. 모두가 같 이 밖으로 나온 것이다.

그런데 두 여자의 표정이 좋지 않다. 혼은 따끈한 하양이의 콧김을 맞으며 일어났다.

"야……!"

혼이 뭐라고 하기 전 하양이가 사라졌다. 바로 옆에서 나인이 눈을 휘둥그렇게 뜨고 자신을 쳐다보고 있는 모습이 보였다.

혼은 땅바닥에 떨어진 세버런스를 쳐다봤다.

"살아나긴 했구나."

"백령이 저렇게 사람을 살리는 거였군요."

"근데 하양이는? 하양이는?"

니나가 주변을 둘러보며 말했다.

에너지원을 잃어버리는 하양이는 오버로드처럼 사라졌을 것이다. 그건 어쩔 수가 없다. 대신 혼이 살아났으니까

혼은 괜스레 입술을 닦고 엠프라도르쪽으로 시선을 옮겼다.

엠프라도르는 확실히 이상징후를 보였다.

붉으락푸르락 몸 색깔이 계속해서 변하고 있었고 강철과 같던 껍질이 점점 벗겨지고 있었다. 촉수는 힘없이 늘어졌고, 힘줄인지 핏줄인지 모르는 혈관 같은 것이 전부 일어나 있다. 혼은 지금이 기회라 생각했다.

"리첼리아. 절삭의 환도."

-죽은 줄 알았잖아요!-

리첼리아가 우는 소리를 냈다. 그러나 곧바로 환도로 변해 혼의 손으로 이동했다.

혼은 다시 한 번 엠프라도르의 앞에 섰다. 그리고는 검을 높게 들었다.

이것으로 끝내리라.

혼은 온 힘을 집중해 검을 내리찍었다. 섬광과 함께 바람이 갈렸다.

잠시 숨을 죽이는 시간.

나인은 침을 꼴깍 삼켰다.

그리고 그와 동시에 엠프라도르의 몸이 잘리며 알 수 없는 검은 액체가 쏟아져 나오기 시작했다.

"잘렸다."

나인이 작게 중얼거렸다. 혼은 멈추지 않고 엠프라도르를 도륙하기 시작했다. 가로로 수십 번, 세로로 수십 번, 그렇게 조각조각을 내자 속에 붙어있는 혈석이 드러났다. 혼은 땅을 박차고 날아갔다.

'끝이다.'

마지막이라는 생각과 함께 혼은 혈석을 베었다.

챙.

맑은소리와 함께 혈석이 깨졌다.

혼은 엠프라도르가 있던 자라에 그대로 착지했다. 혼이 채 땅에 닿기도 전에 엠프라도르는 가루가 되어 하늘로 날아갔다.

허무한 최후.

나인은 그 허무함을 넋을 놓고 쳐다봤다.

혼은 하늘을 바라보았다. 신의 보옥이라는 것이 나올 것이다. 마치 군주기처럼 하늘에서 뚝 떨어질 것이다.

혼은 그렇게 생각했다.

그러나 아무것도 나오지 않았다.

신의 보옥은 나타나지 않았다.

엠프라도르를 죽이는 것이 끝이 아니었던 것일까. 혼은 처음으로 당황한 모습을 보이며 주변을 둘러보기 시작했다.

"혼씨! 발아래!"

나인이 외쳤다.

혼은 자연스럽게 발밑을 바라봤다. 하얀 보석하나를 중심으로 알수 없는 문자들이 새겨져 있었다.

나인과 티아, 그리고 니나가 달려왔다. 나인은 글씨를 확인하며 책을 꺼냈다. 혼은 잠시 기다리다 재촉했다.

"뭐라고 쓰여 있는 거냐?"

"이 위에 선 자. 원하는 것을 이룰지다. 원하는 것을 한 가지만 들어주겠다."

엠프라도르가 신의 보옥을 가지고 있는 것이 아니었다. 신의 보옥을 사용하고 있다고 보는 것이 무방했다.

이제 소원을 빌 수 있다. 뭐든지 원하는 대로 말할 수 있다. 혼이 소원을 말하기도 전에 니나가 만세를 불렀다.

"끝났다!"

니나는 티아에게 폭 안겼다. 그러나 티아는 전혀 좋아하지 않았다. 지금 소원을 빌 권리를 가진 사람은 혼이었다. 게다가 혼을 아래로 끌어내리는 것은 불가능에 가까웠다. 티아는 조심스럽게 입을 열었다.

"소원은 뭘 빌지?"

"미궁에 평화를 빌기로 한 거 아니었습니까?"

나인이 눈을 깜빡이며 말했다.

"오버로드와 앞으로 넘어올 워커들을 없애고. 평화로운 미궁을……."

"그러면 죽은 사람들이 돌아오지를 못해."

티아가 말했다.

이 신의 보옥을 위해서 엄청난 양의 사람들이 희생되었다. 그들을 위해서라도 소원은 제대로 사용해야만 했다.

"그, 그럼 천화랑 호바스랑, 엘리아랑 또 누구 있었지."

니나는 손가락을 접으며 말했다.

"다 살려달라고 하는 건 어때? 어차피 이제 엠프라도르도 없고, 딱히 문제는 없을 거 같은데."

"5성은 언젠간 다시 생겨납니다."

나인이 일침을 가했다.

엠프라도르도 결국 처음에는 미궁이 만들어낸 오버로드였다. 그런 게 다시 생겨나지 않을 것이라는 확신은 없었다.

"그러지 말고 절대적인 힘을 받자. 신이 되는 거지."

티아가 말했다.

절대적인 힘이 생기면 훗날 어떤 위험이 다가와도 막아줄 수 있다. 죽은 자를 살리고 반항하는 자를 짓밟을 수 있다면 그게 신이 아닐까.

"그 신이 악해지면?"

신이 되자는 제안은 매력적이었다. 그러나 한 가지 걸리는 부분이 있었다. 절대자의 변질이다.

"우리 넷이 신이 되면 되지."

"그러다가 넷이 싸우기 시작하면?"

혼이 다시 물었다.

티아는 입을 다물었다. 만약 그렇게 된다면 종말이었다. 혼은 한숨을 푹 내쉬더니 말했다.

"초기화시키겠다."

혼은 그렇게 말하며 외쳤다.

"나와, 티아. 그리고 니나는 미궁과 연결이 끊어진 5년 전의 지구로 돌아가겠다."

"뭐?!"

"그럼 해결되는 게 없지 않습니까?"

나인과 티아가 동시에 외쳤다.

"야! 그러면 어차피 똑같은 과거가 반복될 거 아니야?"

"글세, 뭐 그럴 수도 있겠지. 그런데 이미 우리 가고 있는 거 아니야?"

혼은 가루가 되어 흩날리는 다리를 가리켰다. 티아는 화들짝 놀라며 멱살을 놓고 뒤로 물러났다. 그리고는 머리를 쥐어 잡고 니나를 바라봤다. 니나 역시 점점 몸이 사라지고 있었다. 유일하게 나인만이 멀쩡했다.

나인은 그 상황에서도 포기하지 않고 말했다.

"안 돼! 잠깐! 잠깐!"

"뭐 우리만 과거로 가는 거니까. 너와는 다른 세계에서 살겠지. 네가 사는 세상. 네가 지켜라. 우리 가자마자 찾으면 또 신의 보옥을 찾을 수도 있잖아?"

아르마티아와 리첼리아가 혼과 니나의 몸에서 나와 가만히 그들이 바라봤다. 리첼리아는 입을 삐죽거리며 고개를 푹 숙였다. 혼은 그런 리첼리아의 머리에 손을 올렸다.

"안녕이다."

"자랑거리 생겼네요."

리첼리아가 빙긋 웃으며 말했다.

"신의 보옥을 얻은 인도자. 그리고 그걸 이끈 바로 저! 돌아가서 자랑할 수 있겠어요."

아르마티아와 니나는 서로 부둥켜안고 울면서 작별하고 있었다. 그것도 잠시 키가 상대적으로 작은 니나와 티아는 완전히 사라졌다. 혼은 마지막까지 리첼리아를 바라보며 손을 흔들었다.

그리고 혼의 마지막 머리카락까지 사라질 때 리첼리아가 중얼거렸다.

"안녕. 내가 만난 최고의 인도자여."

네이즈 헌터

Epilogue

Maze Hunter

Epilogue

찬 바람이 들어온다.

혼은 거친 면 이불을 쓰다듬다가 눈을 떴다. 낡은 판자로 만들어진 천장을 바라봤다. 바람에 덜컹거리는 창문.

어디선가 본 적이 있는 장소였다.

오랜 기억 속에 남아있는 곳.

그곳은 킬러가 되기 위해 훈련을 받던 야산의 숙소였다. 혼은 벌떡 일어나 옆을 쳐다봤다. 아직 같이 훈련받던 아이들은 새근새근 잠을 자고 있었다.

길게 말하지 않아도 신의 보옥은 찰떡같이 알아듣고 혼을 과거로 보내주었다. 미궁과의 연결도 끊어졌을 것이다.

혼의 기억은 남아있었다. 그는 앞으로 일어날 일을 다 알고 있다.

'일단 훈련을 받아야 하나?'

혼은 그렇게 말하며 손목을 풀었다.

일단 몸 상태를 확인해야 했다. 현재 혼의 나이는 16살로 추정된다. 어린 나이였지만 신체능력은 성인 때와 별반 다르지 않았다. 체력은 조금 떨어질지 몰라도 반사신경 같은 것들은 오히려 더 나은 느낌이었다.

그때 문이 벌컥 열리며 한 노인이 들어왔다. 노인은 나무로 된 단검을 자고 있던 아이들을 향해 있는 힘껏 던졌다.

아이들 중 몇몇은 벌떡 일어나며 단검을 피했지만 몇몇은 그러지 못했다.

이마에 단검을 얻어맞은 아이들은 화들짝 놀라며 일어나 침대 위에 무릎 꿇고 앉았다. 노인은 그 광경을 보며 말했다.

"피하지 못한 놈들은 나와라."

잠에 빠져 단검을 피하지 못한 아이들의 얼굴이 울상이 되었다.

"마스터. 잡은 사람은 어떡하죠?"

그때 혼이 손을 들며 말했다.

백발노인은 고개를 휙 돌려 혼을 노려봤다. 혼의 중지와 검지 사이에 단검이 꽂혀있다. 노인은 살짝 인상을 쓰더니 말했다.

"그걸 잡아? 네가?"

"느리게 오더군요."

정말 느리게 왔다.

미궁에서 이 정도 공격은 최초의 미로에서나 볼법한 것이었다. 총알 같이 빠른 것들도 보고 반응하던 혼의 눈에는 마치 달팽이가 기어오는 것만 같았다.

"돌려드리죠. 마스터."

혼은 말을 끝내기가 무섭게 노인의 미간을 향해 단검을 던져주었다. 노인은 고개를 휙 돌려 단검을 피했다.

그와 동시에 혼이 노인에게 달려들었다.

원래라면 16세의 혼은 마스터를 이길 수가 없다. 그가 마스터를 이기고 하산하는 것은 앞으로 몇 년 뒤의 일이다.

마스터는 혼이 달려들자 빠르게 방어했다.

1합, 주먹이 마스터의 오른팔을 가격한다.

2합, 마스터의 왼 주먹이 혼의 얼굴을 스친다.

3합, 발이 마스터의 정강이를 찬다.

4합, 혼의 오른손이 마스터의 명치를 가격한다.

워낙 순식간에 벌어진 일이라 이제 막 잠에서 깬 아이들은 어떤 일이 벌어졌는지조차 알아차를 수 없었다.

혼은 콜록거리며 뒤로 물러나는 마스터를 보며 씩 웃었다.

"제가 마음만 먹었으면 마스터는 삶을 마감하실 수 있었을 텐데. 그렇죠?"

"너 이 자식."

하루 만에 사람이 완전히 달라졌다. 원래부터 우수했지만 이건 말도 안 되는 성장이었다.

"그럼 하산하겠습니다."

마스터를 이기면 하산.

그것이 킬러들의 룰이었다. 마스터는 말없이 고개를 끄덕였다. 혼은 짐도 챙기지 않고 곧장 마스터의 옆으로 지나갔다. 마스터는 그런 혼에게 말했다.

"하산하면 대령기원으로 가라."

"아뇨."

혼은 마스터를 돌아보며 말했다.

"연합으로 갈 겁니다."

마스터는 크게 놀라며 혼을 돌아봤다. 그러나 이미 혼은 저 멀리 사라지고 있었다.

그렇게 1년 뒤.

서울 신림역 포장마차. 후드를 입은 한 남자가 열심히 떡볶이를 볶고 있었다. 그런 남자 앞으로 교복을 입은 반 곱슬

머리의 남자가 섰다. 남자는 어묵 하나를 집으며 말했다.

"신분은?"

"여기."

후드티의 남자가 서류를 건넸다.

서류를 받은 남자는 혼.

혼은 서류를 꺼내 슬쩍 보더니 신경질적으로 말했다.

"야! 내가 이름 왜 이래?"

"윤남혼이 어때서? 특이하고 좋은데."

"남혼이가 뭐야? 내가 분명히 다른 이름으로 해달라고……."

"그럼 돈을 더 줘."

"살려주는 대신이라고 하지 않았었냐? 지금 죽고 싶냐?"

"죽여! 죽여! 죽여!"

후드티를 입은 남자가 신경질적으로 외쳤다. 남자의 이름은 변상훈. 나름 세계 최고의 해커이며 정보조작의 달인이었다. 원래는 혼이 정보를 얻기 위해 이용하던 정보상이었지만 과거가 바뀐 지금은 고객이라고는 혼밖에 없는 인물이 되었다.

그때 TV에서 뉴스앵커가 살인사건에 대해 말하기 시작했다.

"단기간 안에 19명을 살해한 연쇄살인범의 행방이 아직도 묘연한 상태입니다……."

혼과 상훈의 시선이 동시에 TV로 향했다.

혼과 상훈은 그 19명이 누군지 잘 알고 있었다. 바로 대한민국 킬러들을 관리하는 자들. 통칭 연합의 사람들이었다. 혼은 밖으로 나오자마자 자신에 대해 아는 모든 사람들을 제거했다.

그리고 상훈에게서 새로운 신분을 얻어냈다.

"진짜 죽여? 솔직히 이제 필요 없는데."

"아니, 그냥 해본 말인데."

"그렇지? 나도 너 필요하거든. 생활비도 있어야 하고."

혼은 그렇게 말하며 다른 서류를 뽑아들었다.

중앙고등학교.

"여기가 확실하지?"

혼은 상훈에게 다시 물었다. 상훈은 고개를 끄덕였다. 혼은 서류봉투 안에서 명찰을 꺼내 교복 가슴에 달았다.

"이름이 남혼이가 뭐냐. 남혼이가."

"남자의 혼이라는 뜻이다."

"집에서 기대해라. 지옥을 보여주마."

"야! 등교 시간 늦겠다. 빨리 가버려."

혼은 손가락을 들어 작별을 고하며 학교로 걸어갔다.

혼은 서류봉투 안에 있는 지도를 꺼냈다. 그리고 표시된 지역으로 가 시계를 바라봤다. 공원 앞. 시간은 7시 40분 정도. 딱 표시된 시간과 일치한다.

잠시 기다리자 저 멀리서 웅성거리며 한 무리의 학생들이 걸어왔다. 혼은 몸을 일으키고 어색하게 빙글, 빙글 제자리를 돌았다.

그 가운데에는 익숙한 얼굴이 있었다.

유천화.

혼은 천화의 얼굴을 보자마자 미소를 지었다. 그 얼마나 보고 싶었던 얼굴인가. 많이 앳되 보였지만 여전히 아름다웠다.

그래서 그런지 천화의 주변을 4명의 남자들이 둘러싸고 있었다. 같은 학교 학생인 듯싶었다.

"그래서 이 새끼 때문에 겁나 도망쳤잖아."

"그러니까. 수업 재끼면서 환호성 지르는 새끼는 너밖에 없을거다."

남자들은 아무래도 땡땡이친 것을 무용담처럼 늘어놓고 있는 듯싶었다. 전부 교복도 제대로 입지 않은 것이 소위 말하는 노는 아이들이었다. 천화는 가운데에서 멋쩍게 웃으며 맞장구를 하하 웃고 있을 뿐이었다.

혼은 천화가 가까워져 오자 슬쩍 그들의 앞을 막았다.

"저기. 잠깐만. 너희 1학년이지?"

혼은 최대한 사람 좋은 미소를 지었다.

남자들은 정색하며 혼을 쳐다봤다.

"뭡니까?"

남자들 중 가장 키가 큰 놈이 말했다. 혼의 키는 17살 때 이미 180이었다. 천화를 둘러싸고 있는 양아치들 중 가장 큰놈은 그래 봤자 175 정도. 혼은 껄렁하게 자신을 쳐다보는 남학생에게서 시선을 돌려 천화에게 물었다.

"내가 전학생이거든. 근데 학교 가는 법을 잘 모르겠네. 좀 알려줄래?"

"모르면 네비 찍어요."

"맞아. 병신인가?"

"핸드폰도 없는 거 아니야?"

남학생들은 낄낄거리며 말했다. 앞으로 나섰던 키 큰 남학생이 혼의 어깨를 툭 쳤다.

"저기, 작업 걸려면 다른 애 알아봐요. 에? 괜히 큰일 치르지 말고……."

"제가 모셔다드릴게요."

천화가 앞으로 걸어 나왔다. 혼은 이것 보라는 듯이 남학생에게 웃어 보이며 고개를 끄덕였다.

"이야, 그러면 나야 좋지."

"큰일 날 거 같으니까 빨리 가죠."

천화가 다급하게 말했다. 하긴, 이대로 가다가는 자라
나는 새싹을 밟아 죽일 염려가 있었다. 혼은 알겠다며 고
개를 끄덕였고 천화는 빠르게 혼의 팔을 끌고 갔다. 그러
면서도 뒤에 남아있는 남학생들에게 인사하는 것도 잊지
않았다.

"학교에서 봐."

남학생들은 험상궂은 얼굴로 수군거리며 혼의 뒤통수
를 노려봤다. 혼은 그러든지 말든지 천화의 얼굴만 빤히
쳐다볼 뿐이었다.

그렇게 한참을 쳐다보자 시선을 느낀 천화가 고개를 돌
려 혼을 바라봤다.

"뭐 묻었나요?"

"아니, 아니. 그냥 내가 알던 사람이랑 좀 닮아서."

똑같은 사람이지만. 많이 닮았다. 조금 어려진 거 빼고는.

"그래요?"

천화는 미소를 지었다. 그리고는 혼의 명찰을 슬쩍 쳐
다봤다.

"이름 예쁘네요. 남혼."

"어? 예뻐? 이게? 난 마음에 안 드는데."

이런, 예상치 못했던 반응이다. 천화야 착해서 정말

이상한 이름도 예쁘다고 해주겠지만 말이다. 변상훈이
오늘 목숨 걸렸다.

천화는 혼의 반응에 킥킥거리며 웃었다.

"본인이 지은 거 아닌가 봐요?"

"어, 그럼."

혼은 그렇게 대답하고는 뭔가 이상함을 느꼈다.

본인이 지은 게 아니냐고? 당연히 이름은 본인이 짓지
않고 부모님이 지어주는 것이 아니던가. 이런 이상한 질
문이 도대체 어디 있는가.

천화는 당황해하는 혼의 얼굴을 보며 킥킥거렸다.

"표정 많아졌네요. 혼씨."

혼이 발걸음을 멈추었다.

천화는 두 걸음 정도 더 걸어가다가 몸을 빙글 돌렸다.
혼은 가만히 천화를 바라보다가 아랫입술을 깨물었다.

기억한다.

천화가 자신을 기억하고 있다. 마치 전부터 알고 있던
진짜 천화가 돌아온 것만 같았다.

"왜 그래요? 뭐 잘못된 거라도……. 어구!"

혼이 앞으로 뛰어나가며 천화를 안았다. 천화는 양손
을 높게 들고 옆으로 지나가는 동급생들의 눈치를 봤다.
학생들은 아침부터 일어난 로맨틱한 상황에 수군거리며

지나가고 있었다. 천화가 살짝 혼을 밀어보았지만 혼은
말없이 점점 더 강하게 안을 뿐이었다.

"저기, 혼씨. 저기. 저 민망한데요."

천화는 슬쩍, 슬쩍 눈치를 보다가 체념한 듯 미소를 지
으며 혼의 허리에 손을 감았다.

"평범한 세상에 오신 걸 환영해요. 혼씨."

신의 보옥은 그렇게 혼의 이상을 모두 이루어주었다.

끝을 알 수 없었던 미궁의 마지막에는 그가 그토록 찾
아 헤매던 안식처가 있었다. 깊은 여행에서 돌아와 얻은
행복.

마지막까지 이어지길.

〈 완결 〉

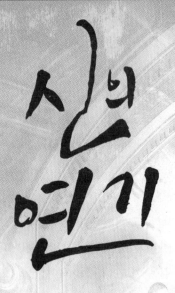